TAMEN YU BAO

FLORET
READING

小花阅读

我们只写有爱的故事

大鱼文化清新阅读子品牌 2016 幸得相见

他们与豹

狐狸组合 · 尼克狐 著

贵州出版集团
贵州人民出版社

|小花阅读|

【惊艳游乐园】系列三部曲

惊艳游乐园系列之一《白云无尽》
狐狸组合·时里海 / 著
标签: 极品室友 / 美艳主唱 / 一言不合就开撕

有爱内容简读：
"喂，梅无尽，你揍我吧。"这样的傻话，时常会无厘头地突然从嘴里蹦出来。
梅无尽把手背伸过来，漫不经心地探了一下他的额头，问："脑子又烧坏了？"
"靠！我说认真的，你就不能配合我也认真点吗？"
梅无尽瞥了他一眼："好吧。"
说着放下手里的杂志，眼也不眨地看着白泽，意思是我这样够认真了吧？
"接下来要我怎么办？"
"揍我！"
"左脸还是右脸？"
"天哪，你不会是真的想揍我吧？"
"……"

惊艳游乐园系列之二《他们与豹》
狐狸组合·尼克狐 / 著

标签：高冷胆小主编 / 无肉不欢才华豹 / 话多宅男小透明 / 三男同居

有爱内容简读：
"独宠你一人？"苏慕言抓住话里面的漏洞，强调道。
柏安德不耐烦地解释："反正差不多就是这个意思，你明明知道我和他不在一个层次上，居然……你这是在伤我的心。"
苏慕言淡淡地说："唐漫需要你的庇佑。"
"虽然不知道庇佑是什么意思，但是不是只要我不愿意，就可以不庇佑是吧？"柏安德连忙问道。
苏慕言想了一下，冷漠地回答："没有。"
柏安德生气地将手边的抱枕一丢，气愤地朝房间走去："我这个月不想画了。"

惊艳游乐园系列之三《我的哥哥他变成了猫》
惊蛰 / 著

标签：神秘餐厅 / 双胞胎兄弟 / 奇怪的猫 / 美食控福利

有爱内容简读：
"哥……你是不是病了？"白衣少年感觉自己紧张得声音都颤抖了，总觉得今天哪儿不对劲。
然后，他面前二米二的绢丝床上，那个五官像刀锋一样的男人渐渐睁开眼睛……
不！准确地说是还没有睁开，只见这个星眉剑目的男人，半睁着眼睛，缓缓举起左手，伸长脖子舔了一下！又……舔了一下！
然后把整条腿抬到自己的肩上，从大腿根部（此处应有马赛克）一路舔到了脚指尖！
白衣少年目瞪口呆，来不及发出任何声响。
只见眼前的男人，认真地舔完两条腿后又翻了个身，扭着脖子不动了（看样子是想舔背，却够不到）。
与此同时薄荷也在思考：好像有什么不对劲？
老！子！的！毛！呢？！

目录
CONTENTS

001/ **第一章**
一只才华豹的登场

029/ **第二章**
唐漫沦为失业男青年

062/ **第三章**
唐柏组合,相爱相杀

092/ **第四章**
唐漫重新回到《WOW》

115/ **第五章**
为了苏苏,唐柏打架

目录

CONTENTS

136/ 第六章
被迫开始三人同居

168/ 第七章
签售会状况不断

191/ 第八章
来了一个小侄儿

232/ 第九章
《WOW》遭遇停刊

259/ 第十章
相亲相爱吧

第一章
一只才华豹的登场

1. 苏慕言人生的第一次商业宣传

已经到了深夜，明明几个小时前还很喧闹的街市，此刻除了几个无所事事的青年还在街上游荡之外，就连店铺也都陆陆续续地关了门。

四周陷入少有的寂静，与白天的繁华形成鲜明的对比，除了一些垃圾被风卷起来之外，就只剩下树叶的沙沙声了。

一个矫健的身影穿梭其中，像是在追赶什么，又像是在寻找什么。

最终，他在一扇窗户外面停下，像蜘蛛侠一样扒在窗户旁，占据有利地势，伸出头观察着房间里面的情况。

　　苏慕言在书桌前认真地挑选着一些漫画家交的手稿。
　　从学校出来之后，苏慕言凭借着在漫画市场敏锐的嗅觉以及本身绘画的功底，没用三年就当上了《WOW》的漫画主编。
　　可是现在市场上的漫画杂志琳琅满目，几乎随时会有新的东西出来，而一些原来就有的，也都在努力地推出新的想法来，只希望不被时代淘汰。
　　哪怕苏慕言已经尽量让《WOW》不退出大家的视线了，可杂志依旧没有受到什么好评，反而渐渐地不再被大家喜欢。

　　想到自己今天下午在微博上推荐自家漫画杂志的样子……
　　当时，苏慕言看到《WOW》上市之后已经一个星期，但是市场调研回来的结果却一点都不乐观，于是想到了所谓的明星效应。
　　在此之前，一向不太喜欢和太多人交流的苏慕言，平时微博之类的网络社交基本上是关闭的，除了偶尔过年过节会发几句象征性的祝福，几乎从不去看一眼。
　　但面对生存危机、生活所迫，苏慕言开始人生的第一次商业宣传。

在要不要这么无耻的宣传中纠结了半个小时之后，苏慕言鼓起勇气终于按下了发送键，然后开始坐立不安地等待着万众呼应。

没想到，发出去还不到两分钟时间，就成功地收到了一条评论。

听到提示音的苏慕言电光石火之间便点开了手机查看，要知道，换作平时，连爸妈电话都只接三分钟的苏慕言可是很少会干这种事情的。

——发的是什么乱七八糟的，再见，博主。

苏慕言返回一看，自己的粉丝真的少了一位，明明上次自己发微博的时候大家说的还都什么"啊！苏总万岁，我们永远爱你"之类的，怎么今天才打了一个小广告，就成这样了呢。

这世上还能不能有一点友爱了。

这个人一定不是真爱粉，苏慕言不得不这样安慰自己，然后等待着下一条充满友爱的评论。

"叮咚！"

消息提示音再次响起。

——这都是什么鬼，果断取消关注，哼！

——最讨厌打小广告的，取消关注。

——装什么文艺青年，最后还不是一样靠小广告生活，再见。

看着这些评论，苏慕言恨不得立即去删掉那条微博，这时候，一条评论闯进了他的视线。

一个微博名字叫作"漫漫陪你走"的人这样评论道：你编的东西怎么永远都是这么好看，已经看了，好喜欢，好喜欢，好喜欢，重要的事情说三遍。

当然这条评论很快就被一大群指责声给淹没了过去，甚至被楼上一些人责怪没有保持队形，但苏慕言却不在意，至少这表示还有人会喜欢自己编的东西。

顺便仔细去看了看这个叫作"漫漫陪你走"的微博，暗自记下。

不知不觉间，苏慕言居然将内心的窃喜摆在了面部，设计总监徐玲珑猛地推门进来之后，只看见一向冷酷的冰霜美人居然在那儿一个人傻笑。

徐玲珑一句"苏总"，吓得苏慕言直接一闭嘴咬到了自己的舌头，却又只能忍着痛收起笑容，稍稍缓和一下之后，沉声道："什么事？"

徐玲珑小心谨慎地观察着苏慕言的表情，缓缓道："苏总，《wow》的销量终于在今天突破二十本了。"

苏慕言冷冷地问："平均每省？"

徐玲珑连忙摇着头，为难地说："好像……全国总销量。"

"知道了。"

在徐玲珑关门的一刹那，听见后面"嘭"的一声。原来是苏慕言猛地将自己的手机摔到地上，烦躁地拿起桌上的画稿胡乱地翻着。

吓得徐玲珑赶紧灰溜溜地离开这片是非之地，心里在暗自祈祷，千万不要怪罪下来，要不是为了把握每一个接近苏总的机会，自己绝对是不会来，要知道在一向寡言少语的苏总面前最关心的就是自己的作品。

2. 差到只能睡地板的东西

面对这个月销量创下史上最低的结果之后，老板们几番商讨下来，打算停刊《WOW》。

最后经过苏慕言一番辛苦的辩解，才力挽狂澜地让老板决定再给苏慕言半年时间，希望他能够做出一点成绩来，不要让自己失望。

为了解决杂志社现在面临的致命危机，苏慕言已经有半个月没有在一点钟之前睡觉了。

就像现在，他还在努力地工作着，只为了找到一些能够复活《WOW》的新鲜血液。

在接二连三地打了无数个哈欠之后,苏慕言端起了桌上的杯子,发现里面的咖啡又已经见底,这已经是今天晚上的第三杯了。

苏慕言无奈地叹了口气,再看了看时间——凌晨一点四十五分,想着把今天最后的一些新稿子看完就马上去睡觉。

大概是觉得眼睛酸涩,苏慕言摘下眼镜揉了揉睛明穴,下意识地看向窗外。

今晚的月亮比以往都要圆,澄澈透亮地挂在上空,边上还微微泛出一层毛边。

所谓月圆之夜,必有大事发生。

这样一想,苏慕言感到好像真的有什么东西在盯着自己看,只觉得后脖颈一阵阵发凉,再一看就发现窗户边还真的有一双绿色的眼睛,幽幽地看着自己。

一开始苏慕言还以为是他近视没有看清楚,赶紧将眼镜戴上去,这下终于看清楚了窗边真的有一双墨绿色的眼睛,重点是他在打量自己。

苏慕言看了看远处诡异的月亮,又看了看那双一动不动的眼睛,居然吓得晕了过去。

虽说平时的苏慕言看上去一板一眼,从来都是不苟言笑的,也不肯多说一句废话,底下的一干员工在私底下一直叫他

"冰霜美人"，但是，他骨子里其实就是一个胆小鬼。

还在意犹未尽观察周边环境的柏安德，一开始还以为苏慕言已经发现了自己，内心慌乱中在想着是要帅气出场，还是先撤走暗中观察几天再说。

在这样复杂的纠结中，柏安德就那样眼睁睁地看着苏慕言直挺挺地晕了过去，从椅子上摔下来。

咦！就算那人再自卑也不用看见自己的美貌就直接气到猝死过去吧？这样自己会不会触犯什么乱七八糟的刑罚啊，听说人类世界的刑罚好像还是蛮恐怖的。

带着满腔的疑问，柏安德蹑手蹑脚地爬进去，小心翼翼地伸手探了探鼻息。

还有气，看来没有那么容易猝死嘛。随后又想到，莫非……他只是打算在地上睡一觉？

柏安德看了一下之后，觉得自己的想法好像挺正确的，便不再纠结苏慕言的事情，开始进行密集的搜寻。只见他上蹿下跳地在苏慕言的房间里胡乱翻着，像是在寻找什么东西。连角角落落他都没有放过，包括卫生间都仔细地检查了好几遍，每件东西都仔细地打开，看看里面会不会藏着自己要的东西。

可是，他把苏慕言家翻得一团乱后，却还是没有找到自己想要的东西。

柏安德开始意识到自己不应该这样漫无目的地找下去，应该想个办法先留下来，再充分地观察环境，从而见机行事。

有了这个想法之后，柏安德便心安理得地坐在苏慕言刚刚坐的椅子上，随手翻了翻桌上那些凌乱的画稿，皱着眉头嫌弃道："这个地方怎么可以这样画呢，这人看上去都畸形了啊，就这点本事居然还敢拿出来到处炫耀，也不嫌丢人！"

说完，他看了看还躺在地上的苏慕言，同情道："难怪他会在地上睡，看来也是意识到自己的东西已经差到只能睡地板了吧。唉，可怜的人类，看在你水平这么差的分上，本少爷就勉为其难地帮一下你吧。"

说话间，柏安德已经拿起之前苏慕言握着的笔开始在纸上百无聊赖地涂涂改改，那速度要是苏慕言看见了肯定会惊叹。

画的过程中，柏安德还不忘在那里自恋地发表着感慨："唉！世上恐怕只有我会这么同情心泛滥吧。"

3. 仗着自己有一副稍微好一点的皮囊，就以为可以凭借长相上位？

苏慕言一醒来，就看见自己的椅子上坐着一个男人，要是换作平时苏慕言肯定立即冷着脸让他离开了。

可今晚，另一个发现好像更吸引他。

那人穿着一身黑衣，深棕色的头发，在台灯的照射下泛出淡淡红色，更显妖艳。从他这个角度看不见对方的脸，但是凭他这么多年的经验来看，长相一定不会差到哪里去。

重要的是，他是怎么进自己家的？

许是感觉到苏慕言已经醒了过来，柏安德停下手中的笔，转过身来笑得一脸灿烂地对苏慕言说："哎呀，你终于醒了！"

苏慕言只是坐起来，却并没有站起来的打算。

柏安德看着苏慕言，腹诽道：奇怪，明明已经醒了为何还要在地上坐着，难道地上比别的地方舒服吗？

为了避免自己这样居高临下影响到谈话的效果，柏安德也从椅子上站起来，盘腿在苏慕言对面坐下。

苏慕言这才看清柏安德的脸，高挺的鼻梁，浓黑的眉毛下，瞳孔呈现出干净澄澈的黄褐色，就像是一汪清澈的深泉，若是盯得久了，好像会被吸进去一样。

"你是谁？"

柏安德立即诚实地笑着回答："忘了自我介绍，我叫柏安德，第一次来云出市，还望您以后多多关照。"

"关我什么事？"苏慕言冷漠地说。

柏安德完全没有听出苏慕言嘴里的嫌弃，笑嘻嘻地挪到他旁边："当然和你有关啊，你说以后我们住在一个屋檐下，抬头不见低头见的，何况……"

"什么？"听到柏安德说要住在一个屋檐下，苏慕言不解地皱起眉头问道。

柏安德以为他是没有听清楚，赶紧重复道："以后我们要住在一起啊，你不觉得这应该要好好庆祝一下吗？"随后朝四周看了看，点了点头说，"这里的环境勉强可以，重点是……我挺满意的。"

"我没说让你住进来。"

柏安德见他不欢迎自己，不可置信地质问："为什么？人类不是都应该很热情的吗？我记得一路上还有好多美女都邀请我去她们家住呢。"

听柏安德这么说，苏慕言不免在心里鄙视，难道现在男的都没有一点自尊之心吗？仗着自己有一副稍微好一点的皮囊，就以为可以凭借长相上位？

重点是，这种事情居然发生在了自己身上，自己看上去像是喜欢男人的吗？

苏慕言盯着他看了半天，确定自己没有听错之后，沉声道："我对男人没有兴趣。"

"你居然对我没有兴趣，不过这也不重要，反正我对这里充满了兴趣。"柏安德疑惑地说道，完全没有意识到这样的话听在别人耳朵里会是什么感觉。

听到柏安德说这样的话,苏慕言差点就忍不住上去揍他一顿,什么叫作对这里充满兴趣,难道听不出来自己一点都不欢迎他吗?

苏慕言觉得自己不能再这样委婉地说下去,与其在这里和他浪费时间,还不如直接把他赶出去。

于是他不耐烦地从地上站起来,提着柏安德就往外走。

4. 关键时候变回了一只豹子

结果提了一下,发现完全提不动,苏慕言纳闷,自己平时也有锻炼,怎么会提不动他呢?

转头一看发现柏安德正誓死地抓着床脚,苏慕言任性地硬要将他弄出去,可是经过几次尝试之后,苏慕言只好果断地放弃,一屁股坐到床上。看着柏安德那张单纯无害的脸,苏慕言又觉得自己这样对待他好像有哪里不对。

最终他还是让自己从那张充满诱惑的脸上清醒过来,面无表情地说:"这里不欢迎你,请自觉离开。"

一听对方想让自己离开,柏安德立即摆出一副很委屈的样子:"都说人类是善良的,你难道真的忍心看着我流落到大街上,然后开始过着颠沛流离的生活?"

苏慕言看了一眼柏安德,不想再和他废话,觉得他的智商完全不能理解自己话语中的冷漠。

可即便是这样,柏安德也只是以为自己的话还没有激起苏慕言心底最深处的同情心,于是继续装作委屈地在那儿滔滔不绝:"说不定我一出去就遇到什么不法分子,把我绑架走还是好的,反正我也没有钱,但万一把我打断手脚什么的,让我蹲在大街上乞讨,像你这样的好人,一定不愿意看着我就这么白白被别人糟蹋吧……"

"我不开收容所。"苏慕言冷冷地打断道。

"你就真的不愿意收留我吗?"柏安德泪眼汪汪地看着苏慕言,就像是隔壁家被逐出家门的孩子一样。

苏慕言叹了口气,无奈地说:"你想怎样?"

听见苏慕言这么说,柏安德还以为他的防线已经被自己敲出了一条裂缝,迅速抓紧时间继续努力说服,俨然一副抱定大腿的架势,举出三个手指对着天花板发誓道:"本少爷对天发誓,我除了有一张单纯无害的脸之外,就只剩下干净的灵魂了,绝对不存在任何的不良企图,如有假话,那就让我活活丑死吧。"

苏慕言居高临下地看着几乎已经趴到自己脚边的人,一张脸上写满了无辜和委屈,可尽管如此,对于这个忽然闯进自己房间的人也没有好感,嫌弃地说:"我家不留外人,你,现在,给我出去。"

原以为自己说得这么感人肺腑，换成一般人恐怕早就同意了，哪知道苏慕言就是油盐不进。柏安德只好不说话，用行动来证明自己的决心。

看到对方这么轴，苏慕言只能叹了一口气，开始拉着他往门外走。

几番挣扎，眼见着就要到卧室门口的时候，柏安德迅速地抱住苏慕言的腿，脸上写满了视死如归。

苏慕言只好蹲下去掰柏安德的手，眼见着就要掰开的时候，柏安德忽然转移目标，拿出平时最敏捷的动作，本来只是想遏制苏慕言想要拿东西赶走自己，却没想到居然直接将苏慕言扑倒在地上。

苏慕言一抬头就看见柏安德放大的脸正对着自己，内心是凌乱的，用力推开他想爬起来，摆脱这种尴尬。

可柏安德却以为苏慕言是想推开自己，然后直接将自己赶出去，于是为了让自己能够留下来，柏安德死死地按住了苏慕言。

苏慕言本能地想要反抗，可是没想到平时自己缺少锻炼，到了现在完全不是柏安德对手，推了两下柏安德却依旧纹丝不动地压在他身上，脸上写满了得意。

仗着自己身体的优势，柏安德死死地压住苏慕言，心想：你以为这么轻易就可以推动本少爷吗，好歹本少爷也是运动健将，你那小胳膊小腿……喊……

就在柏安德正为自己的能力感到骄傲时，却见明明先前还在极力反抗的苏慕言减轻了手上的力道，柏安德低头一看，只见苏慕言居然翻着白眼晕了过去。

柏安德诧异地看着苏慕言，这是睡过去了，还是晕过去了？我有这么帅吗？

随后他又开始得意，心里鄙视道，就这种能力还想把我赶走？也不掂量掂量自己的分量？

柏安德伸手抓了抓自己的额头，心里一顿，缓缓地把手移到自己眼前。

当看到自己原本光洁无比的手变成一双长满毛的爪子时，他内心的阴暗面足以毁掉这间屋子，他不死心地把另外一只爪子放在自己眼前，依旧如此……

柏安德烦躁地低吼一声，起身去苏慕言的洗手间，借着里面的镜子想看看自己是不是真的变回了一只豹子。

"早不变晚不变，偏偏到了这种关键时候成了一只豹子，就知道弄丢了那群老东西留下的破玩意儿早晚会出事。"

他烦躁地看了看自己，相当气愤地抓着自己的头发，当然现在好像只能称之为"体毛"。

5. 和一只豹子的对话

原来，就在半个月前，身为猎物族继承人的柏安德，因为一次意外将家传的悬灵玉给弄丢了，悬灵玉是猎物族人修炼时的一个储存媒介。

相比于猎物族本身，作为储存媒介的悬灵玉较为稳定，也就是说，失去了悬灵玉的猎物族身体开始出现混乱，随时都有可能变回原来的形象。

而身为猎物族后人的柏安德真身就是一只豹子。

可是，已经有几百年没有变回过豹子的柏安德，连他自己都忘记了，他除了有比人类长的生命之外，还有一具豹子的躯体。

清楚地意识到自己已经变回原形后的柏安德只能认命，转身看了看苏慕言躺在地上一动不动的身体，不免有些心疼他。

要知道，家里忽然出现一个庞然大物，而且还是一只食肉动物，不吓晕那就奇怪了。

不过，这说不定是一个好机会，柏安德心里又生出一计。

柏安德在等苏慕言苏醒的过程中，仔细地观察了一下这套房子。

当然在观察的过程中，完全用的都是动物的形象，要是这时候有人来找苏慕言，估计会被这样的柏安德给吓到再也不敢来。

转了一圈之后，发现苏慕言还没有醒过来，柏安德只好伸出自己毛茸茸的爪子拍着苏慕言的脸："喂！醒醒，我还有事情没有说完呢，要睡也要等我说完再睡啊。"然后，一脸和蔼可亲地等着苏慕言睁开眼。

可他不知道，就他现在的样子，在苏慕言眼里完全就是凶神恶煞。

见自己对面出现一只活生生的豹子，苏慕言本能地又要晕过去，幸好柏安德及时地伸手掐着苏慕言的人中。

可是，柏安德忘记了，现在自己那尖尖的爪子可不比人类的指甲啊，疼得苏慕言立即跳起来，怨愤地看着柏安德，手费力地揉着刚才被他掐住的地方。

苏慕言就觉得夜黑风高杀人夜，总不是个好兆头，在嫌弃地将柏安德的爪子拍掉之后，受到了极大的惊吓，匆忙地跑到床上，抓起一旁的枕头一个劲地朝柏安德身上砸去。

本来还想吓一吓苏慕言的柏安德，顿时被打得失去了反抗能力，果断地放弃了之前打算用武力威胁苏慕言的想法，连连告饶:"不要打我了,不过就是想要在你这里住下,你家那么宽,难道就容不下一个我吗?"

天哪,这是什么情况?苏慕言惊讶地掐了掐自己的大腿,发现并不是在做梦。

这就说明眼前的一切都是真实的,如果是这样的话,自己家里会进来一只豹子就已经很奇怪了。要知道他们家可是24楼,就算是破门而入也不该这么巧,直接来他家里的。

当然现在看来这些都已经不是重点了,重点是,这只豹子还会说话。

想到这里,苏慕言吓得连手里拿着的枕头都掉到了地上,盯着那只豹子看了老半天,怀疑是自己听错了,但又有些不确定,最终鼓起勇气颤颤巍巍地问:"你要住在我家?"恐怕连他自己都没有想过这辈子会和一只豹子对话。

柏安德连忙点着自己的豹子头,回答道:"对,我要住在这里。"

如果说前面他以为是自己幻听的话,那么现在他是真真实实地听到了,而且听得很清楚。

苏慕言只觉得身体里一股血冲上脑门儿,他习惯性地伸手扶了扶鼻梁上的眼镜,却发现什么都没碰到,只能再次警惕性地看着那只豹子。

以现在的形势来看，苏慕言认为自己并没有占什么优势，更何况三更半夜，就连呼救都没几个人会听到。

正在苏慕言想着要怎么样解决这件事情的时候，柏安德指着自己旁边的眼镜，好心地提醒道："你是在找这个吗？"

顺着柏安德手指的方向看过去，苏慕言果然发现了自己的眼镜已经到了柏安德脚下，本能地想拿过来，但是看了看旁边的豹子，苏慕言瞬间放弃了。毕竟没有几个人会在这种情况下，还想着眼镜这种小事情。

前面莫名其妙闯进来一个人说要住在自己家，就已经很头疼了，现在又来了一只豹子也要住在自己家，苏慕言疑惑地想，真不知道自己家里到底哪里风水好，那么多人想住进来。

他想自己是不是要去拜一下菩萨，净遇到些莫名其妙的人。

哦不，应该说人和动物，这都完全可以拍成一档教育类节目了，揭示人与动物和谐共处。

想到一只大型猫科动物住在自己家，苏慕言已经在脑海里臆想了好多自己可能死于非命的结果，断然不敢答应，只好强装镇定地维持着之前的形象，缓缓地说："我不会养豹子，也养不起豹子。"

"放心吧，我吃得不多，也不会吃你的，因为人类的肉一点都不好吃。"说到人类的肉不好吃的时候，柏安德脸上写满了嫌弃。

苏慕言郁闷地看着柏安德，心里疑惑道，他这是在暗示他以前吃过吗？

6. 原来是只妖

从小就恐高恐黑恐万物的苏慕言，更加坚定要趁着对方暂时不想吃自己之前把他赶走的想法。谁不知道兔子急了还咬人呢，那豹子万一饿急了，恐怕离它最近的自己就是首选。

苏慕言随手一摸，摸到一旁不知道什么时候冒出来的一本书，直接朝柏安德的头上砸去，一副英勇就义的表情说："你给我出去，不然我就打电话给附近的动物园，叫他们把你抓走！"

哪知道，被苏慕言这么一敲，柏安德居然摇身一变又变回了人类。他捂着被打出一个大包的头，委屈地看着苏慕言，控诉道："你就不能温柔一点对待动物吗？"

对于自己的身体柏安德已经绝望了，总是在关键时候掉链子，一点都靠不住。

看到柏安德变身全过程的苏慕言内心只能用崩溃兼凌乱

来形容，原来刚刚出现的人和动物其实是一个东西。苏慕言这才想起刚才自己被吓晕的那一幕，恨不得找个地洞钻进去，要知道，自己胆小这个缺点自从小时候被嘲笑过之后，就再也不敢在世人面前表现出来了。

"是你？"苏慕言诧异地问。果然还是和人说话比较舒服。

柏安德笑着说："一直都是我，难道你以为别人会这么善良，在你睡觉的时候，能够做到像我这样洁身自好吗？"

"你是怪物？"苏慕言皱着眉头问道。

见他这么问自己，柏安德的脑子开始高速运转，心想，自己到底要不要告诉他真实身份呢？但是想到变成豹子就已经吓晕他了，万一说出自己的身份，那他可能会被直接吓死。

犹豫了许久，柏安德才缓缓保证道："我现在说的任何事情都是真实的，请你一定要相信。"

苏慕言闷哼一声，没有话说，明显是不想听下去。

柏安德哪里理会这些，自顾自地开始说着："其实……我是一个神仙，特地来人间游历一下，不要胡乱说出去呢，不然到时候大家都让我完成心愿会很麻烦的。"

幼稚！苏慕言鄙视地看了他一眼，不想理他。

见苏慕言没有反应，柏安德只好讪讪地继续解释："这个很扯对吧，那换个靠谱一点的，我就是一只豹子，修炼成了人形，可是不久前被同类追杀，加上弄丢了随身携带的一样法器，感应到在你这里，我就追了过来。"一边说话还一边手舞足蹈。

"哦，你是只妖。"苏慕言一脸无奈地配合着柏安德浮夸的演技。

以为苏慕言已经相信了，柏安德立即狂点着头："对啊对啊，但是本少爷保证，我绝对是一只好妖。"说完后，一脸渴求地看着苏慕言，"现在能不能让我住下来了？"

或许是在清醒的情况下看见了柏安德自由变身，对于柏安德说的自己是豹子变的，苏慕言半信半疑地相信了。毕竟连穿越都开始兴起的时代，变身好像也没有什么奇怪的。

对着已经变成人的柏安德，苏慕言立即恢复了之前的冷淡，板着脸送了柏安德三个字："不可能。"

"你要是不愿意收留我，我就真的没有地方去了。"柏安德立马甩着苏慕言的手臂委屈地说。

7. 一只有才华的豹子

被柏安德这么折腾了几个来回，原先的那一点点睡意早就被冲到了九霄云外，但这并不代表一向行事谨慎的苏慕言会随便让人住进自己家来，哪怕苏慕言现在看着柏安德也觉得他很可怜。

苏慕言开始挥舞着手上的那本书，只希望能将柏安德赶出去。

为了能够顺利地入住苏慕言家，柏安德开始利用自身行动敏捷的优势，在房间里上蹿下跳。幸亏没有人会大半夜地观察苏慕言家，否则，谁能相信一向冷静的苏慕言会像个小孩子一样追着豹子满屋子跑。

就在两人毫无胜负悬念的追赶中，房间被弄得一团乱。苏慕言连喘带咳地坐在地上，质问道："你到底想怎样？"

"你家这么空旷，我来了说不定还会让这里充满爱呢。"柏安德蹲在书桌前的椅子上，一脸好心地分析着。

苏慕言气急败坏地将手中的书丢过去："滚——"

见苏慕言将手中的书砸过来，柏安德本能地朝旁边一躲，哪知道地板太滑，那张椅子在他还没有跳起来之前直接滑倒，摔出一个狗啃屎，四脚朝天地躺在地上。

因为他摔倒之前随意地一扶，桌上那些整齐的稿件直接被柏安德弄得满屋子飞扬，散落在各处。

苏慕言简直被柏安德弄得七窍生烟，只想冲上去将他掐死。

可是看到地上已经乱七八糟的画稿之后，苏慕言还是放弃了这个想法，动作迅速地收拾着那些画稿。

当苏慕言看到画稿上不知道被谁乱画的几根线条之后，眼睛居然像是看到了猎物一般闪闪发光。

因为那些自己已经打算弃掉不再录用的画稿居然像是活了起来一般，不过几根简单的线条就改变了之前存在的许多缺点。

见苏慕言在那儿拿着几张废纸一动不动，柏安德好奇地从他后面探出头，见是被自己画了几笔的画稿之后，在背后得意地说："怎么样，本少爷画得还可以吧，就你之前画的那个水平，用来帮别人垫桌脚人家都还觉得嫌弃呢。"

苏慕言淡淡地回头，质疑道："你画的？"

"不然呢。要不是本少爷太过无聊，本少爷是绝对碰都不会碰一下这么丑的画稿。虽然我知道我不过是个业余的，但是我保证，像你之前那样的，我随便画几笔都比它好。"说完之后，柏安德开始在一旁津津乐道地叙说着自己的绘画史。

说到最后，他还顺便吐槽："话说你那些东西也太烂了吧，我要是你就直接回去从怎么拿笔开始学起，这都已经差得我都没办法继续打击了。"

都让我回去从拿笔学起，还叫不打击？苏慕言看了一眼柏安德之后，从地上坐起来，认真地看着柏安德，很认真地说："现在我问你什么，你就回答什么，我不想听废话。"

柏安德蹲在地上仰头看着苏慕言，果断地点头，心里在祈祷，只要不赶他走，什么都能答应。

"你学过画画？"

柏安德摇头。

"那这是不是你画的？"

柏安德本能地点头，但是看见苏慕言一脸严肃的表情后，又赶紧摇头。

看见柏安德这副模样，苏慕言疑惑地皱着眉头，自己有这么恐怖吗，一副自己会吃了他的模样，现在应该害怕的人明明是自己呀。

苏慕言这才反应过来，面对一只豹子，自己现在好像是处于劣势的那个。苏慕言懊恼地发现，刚才自己居然这样对待一只豹子，而且他还是一只有才华的豹子。

8. 让豹子住进自己家

想到这里，苏慕言的态度来了一个一百八十度大转变，放下手中的画稿，将先前跟着柏安德一起摔倒的椅子给扶起来，示意柏安德去坐，甚至让他等一会儿，自己就出去倒茶去了。

柏安德看着苏慕言端进来的那杯茶，心想，难道苏慕言觉得硬推自己出去没用，所以来了一个缓兵之计，先把自己迷晕，然后直接杀掉？

想着想着，他只觉得自己的后脖颈被一阵凉风拂过，不由得打了个哆嗦，手握着那杯茶不知道是喝还是不喝。

倒是苏慕言，坐在柏安德对面，脸上的表情看不出来他到底在想什么，只见他露出公关式的微笑："我现在可以让你住下来。"

柏安德诧异地看着苏慕言，几番确认苏慕言说的到底是不是真的，要知道在前面将近三个小时的时间，他可是表现出一副宁死都不能让自己住进来的模样。

"但是，我有一个要求。"

要求？就知道不会这么简单，但柏安德还是满脸讨好地问："什么要求，你说我都答应。"

"帮我画画。"

柏安德现在想的只是怎么在这里住下来，所以对于苏慕言的要求完全没思考地就直接点了头，片刻后才想起来苏慕言是叫他画画，立马否认道："不行，我是诚实的好孩子，怎么可能帮别人作弊呢？"

"我只是让你画画，发表在我的杂志上。"苏慕言道。

柏安德理解了一下他说的意思，拒绝道："还是不行，我的东西怎么可能随随便便地出现在大家眼中。而且，要和这种东西放在一起，也太打击他们了吧。"

"那你就……"

柏安德期盼地看着苏慕言，以为他还要说出其他的条件可以交换，哪知道苏慕言早就摸到了柏安德的秉性，冷着脸说："滚。"

说完就做出一副送客的姿势，只是他望着的方向不是门，而是还没有关上的窗户。

柏安德看了看窗外漆黑一片的风景，想着，就算自己是只妖怪，现在环境被人类破坏得这么厉害，哪里还有什么灵气，顶多修炼个半妖，出来吓吓人已经是极限了。

何况自己并不是只妖怪，变个身还是不受控制的。

他不知道刚才自己飞檐走壁爬到这二十几楼是多么辛苦，虽说跳下去很简单，但是自己的小命也就不保了。

没想到，苏慕言看上去挺正人君子，居然这么狠心，舍得让他跳窗户。

柏安德只好使出自己的绝技——抱大腿。

只见他一把抱住苏慕言的大腿，哭着渴求道："你还是让我画画吧，我这么好的人才你总不会眼睁睁地看着我被别人撬走。而且你这里可是二十四楼啊,从这里跳下去,臣妾实在做不到啊。"

苏慕言看着柏安德,淡淡地问道:"《甄嬛传》已经火到你们妖怪界了。"

"啊?"显然柏安德一下没反应过来。

"你刚才不是从这里爬上来的吗?"

顺着苏慕言指的方向看过去,柏安德只好委屈地说:"有句话叫作,上山容易下山难,爬楼当然也是一个道理啊。"

听到柏安德答应帮自己画画,苏慕言才勉强地说:"旁边那间房间还没有收拾的,你睡沙发去。"

一听苏慕言打算让自己住进来,柏安德立即高兴地放开苏慕言的大腿,给了苏慕言一个大大的拥抱,还忍不住地赞叹:"我就知道你是一个好人。"

苏慕言淡定地推开柏安德,指着门冷冷地说:"客厅在外面。"

柏安德兴奋地昂首阔步地往外走,可是走到门口的时候发现好像少了什么,又回头问道:"你就真的不好奇我为什么一定要住在你家吗?"

"再见。"本来今晚就已经熬到很晚了,明天还要上班,苏慕言根本没有闲心陪他闹下去。

见苏慕言完全没有要听的意思,柏安德只好自问自答道:"其实我真的是来你这里找一件对于我来说很重要的东西的。"

第二章
唐漫沦为失业男青年

1. 因柏安德的存在,唐漫的作品被下架

就这样,柏安德经过了长达三个多小时的奋斗后,终于成功地入住苏慕言家。

至于找东西这个理由,苏慕言一直觉得是他随便编出来的,自己家里怎么可能有他要找的东西。但看着柏安德那张单纯得像一张白纸的脸,苏慕言也没有再追问下去。

虽然,让一只豹子住在自己家确实不安全,但是如果那只豹子完全没有害你的打算,好像也是可以容忍的,家里多一个人睡觉也安稳一些,毕竟动物比人类灵敏。

以后就再也不用担心谁会半夜跑进自己家了。

这样想着，苏慕言更加觉得自己的决定是多么天衣无缝，有了一个专业画家，还兼任了保镖的角色，这笔买卖倒是稳赚不赔的。

第二天，苏慕言顶着足以和国宝媲美的黑眼圈出现在了世人的眼中，一连吓到了办公室的众多倾慕者。

踩着最后几分钟赶到公司的徐玲珑被苏慕言缓缓前进的脚步给挡住了，本来因为起晚了差点迟到就心情很不好，可前面的人居然还这么慢悠悠地挡着，这让徐玲珑很是火大，于是毫不客气地说："前面的能不能走快一点？"

闻声苏慕言眼神缥缈地看向徐玲珑，愧疚地道："抱歉。"

徐玲珑有意无意地看了过去，觉得对方像是苏慕言，但是又觉得不是，明明长得很像，但是又觉得好像哪里不对劲。

盯着苏慕言看了半天之后，徐玲珑总算知道了到底是哪里不对，一脸惊讶地说："苏总，你这是怎么了？"就算再怎么天生丽质也不能这样折腾自己吧，当然后面那句话徐玲珑也只是腹诽了一下，并没有真的说出来。

对于来自下属的关心，苏慕言勉强笑了一下，解释道："昨晚没睡好罢了。"

他总不能说因为自己家昨晚进了一只豹子，然后折腾到半夜睡了两个小时就起来了吧。

徐玲珑立即语重心长地关心道:"即便是为了工作,苏总也要注意身体啊。"说完就灰溜溜地往里面去了。

苏慕言顶着困意极为仔细地看了一下这一期的杂志,做了一下对比之后,打算将柏安德的画作为下一期的重点。

对于自己的想法,苏慕言决定和大家说一下,于是临时决定开一个会通知一下大家,哪怕现在他的脸色看上去相当不好。

开会的时候,他直截了当地说打算让唐漫的稿子下架。

当有人问道那块空白的版面用来做什么的时候,苏慕言看了他一眼之后,严肃地说:"这个我有新的打算。"

有人小声地问道:"为什么是下架唐漫的漫画,前段时间你不是还说过他的漫画很有内容吗?"

苏慕言冷冷地回答:"收到的反馈中,没有人提起他,说明没人关注。"

大家诧异地看着苏慕言,每个人都在心里想着,这个月的反馈表明明还没有收到,他那里怎么会有反馈信息的?

苏慕言当然不会告诉大家那是他在微博推荐之后,顶着粉丝全部掉完的后果,在一片说要取关的欢呼声中,用火眼金睛千辛万苦找到的几句反馈吧。

"那唐漫那边要怎么说？"负责联系唐漫的编辑谨慎地问道。

　　苏慕言冷淡地说："直接告诉他。这事见不得人吗，还需要藏着掖着吗？"

　　说完，苏慕言还顺便将柏安德昨天晚上不睡觉随手画的一些东西给大家看了看。

　　然后他又像是想到什么一样，对大家说："叫印厂那边停止印刷，这一批就换掉。"

　　有人质疑道："可是不是还有排版问题吗？"

　　"我来做。"

　　一听总编说亲自来做，大家都开始怀疑，是不是为了杂志社，总编都已经开始披着小马甲在那里画画，为公司增加销量了。

2. 你再这样叫我，就等着天天吃白菜吧

　　在苏慕言这个决定已经被大家赞同的时候，唐漫还坐在自己租的公寓里，吃着一桶泡面，看着最恶俗的电视剧，数落着那些演员的演技。

　　此刻的他，完全不知道自己的作品已经被下架了。而之后他可能面临的将是穷困潦倒，最后有可能会流离失所。

唐漫是苏慕言的学弟，自从在学校的优秀毕业生的展示栏里看见苏慕言之后，就开始拜苏慕言为自己的偶像，并且励志要朝着苏慕言的方向努力奋斗。

不久前，他终于成为《WOW》杂志社的签约画手，为此他还暗自高兴到两天两夜没有睡。

他的漫画也曾被苏慕言夸奖过内容很好具有吸引力，但是现在那些丑萌丑萌的角色已经完全不能吸引读者的眼球了，内容好又有什么用。

在接到编辑电话的时候，唐漫还特意关掉了电视，拿起笔在纸上画了几笔之后，才装出一副很忙的样子接起电话："有什么事，我知道这个月要交稿，我现在正在努力地赶制中。"

哪知道电话里传来的声音异常冷漠："你不用这么着急了，我们打算这段时间先把你的作品下架，以后再看看有没有可能放上去。"

唐漫不相信地追问道："你的意思是说，我的东西不能在《WOW》连载了吗？"

"目前来说是这样的。"

"没有理由吗？为什么下架我的东西？"唐漫不死心地追问。

"上头的决定，我也只是负责通知一下你，对于这件事我表示很遗憾。"

"哦，再见。"说完唐漫有气无力地挂了电话，完全没有了前一分钟在那里指着那些演员骂他们演技的威风。

明明上个月还被学长夸奖了，为什么这个月就被通知不能再连载了呢，莫非自己刚刚接到的是诈骗电话？

有了这个想法之后，唐漫果断地放弃了电视，就连这种趁着自己画了很多抽空放松一下的事情都不做了，每天都在相当认真地画漫画。

亲口宣布将唐漫的漫画下架之后，苏慕言便马不停蹄地回到家，督促柏安德画了一晚上的画，第二天就直接排好版，交到了印厂。

自从柏安德知道他叫苏慕言后，整整想了一个晚上，第二天一起来就相当热情地跟苏慕言打招呼："嘿，苏苏。"

苏慕言听到后，先是一愣，随后才反应过来他是在叫自己，装作没有听见似的坐下吃早餐。

柏安德还以为苏慕言没有听见，于是重复道："苏苏，早上好。"

这么明显的谈话，自己要是再装听不见是不可能了。苏慕言冷着脸抬起头，说了三个字："苏慕言。"

还以为苏慕言是在自我介绍，柏安德淡淡地说："不用这么郑重地自我介绍,我知道你叫苏慕言。"

"那就请你叫我的名字。"苏慕言冷冷道。

"你难道不觉得'苏苏'挺好听的吗?简单方便,同时还拉近了距离感,连名带姓地叫,多见外啊。"柏安德不解地说。

还不等柏安德吃饭,苏慕言就冷漠地将桌上的肉收走。柏安德哪里理解苏慕言此刻的心情,赶紧追上去想将那盘肉给抢回来。

苏慕言看见柏安德追过来的身影之后,怒视了一眼,语气不佳地说:"今天别想吃肉。"

"为什么?"

"你可以选择继续那样叫我,我保证你天天白菜宴。"说完苏慕言将肉直接端去了自己房间。

柏安德委屈地咬着嘴唇,心想,什么嘛,明明这个称呼就挺好听的啊,自己可是第一次给别人取昵称呢,怎么可以这样拒绝自己?

3. 左手一只鸡,右手一条鱼

周末,苏慕言躺在床上,睡在另一间房的柏安德来到苏慕言的床边,搬了张椅子坐过来,目不转睛地盯着苏慕言看。

还在睡梦中的苏慕言硬是活生生地被柏安德给看醒了,惊讶地从床上坐起来,警惕地盯着柏安德看着。

见苏慕言一醒,柏安德会心一笑,兴奋地说:"苏苏,你终于醒了,我都等了你好久了呢。"

"什么事?"苏慕言皱着眉头问道,顺便强调道,"都说了,请叫我苏慕言。"活这么大还是第一次听见有人这样叫自己的。

"哎呀,苏慕言三个字太长了,每次叫都感觉是在喊仇人一样,我们这么好的关系怎么能输在称呼上呢?"柏安德一脸热情地解释。

苏慕言气急败坏地看了他一眼,愤怒地说了两个字:"你走。"

"那我下次记住不这么叫咯。"柏安德只好勉为其难地答应,却还是忍不住小声嘀咕道,"明明就很好听啊。"

苏慕言冷哼一声,转过身去不再说话。

原以为柏安德已经离开了,结果过了一会儿,苏慕言听见自己身后传来委屈的声音:"苏苏,我好饿。"

苏慕言立即将被子往上盖了盖,然后警惕地看着柏安德,心里在想,他这么对自己说的意思是要吃自己?难怪名字都叫得和宠物一样,果然早有预谋,他调整了一下情绪,冷漠地说道:"这里没有吃的。"

听到苏慕言这么说,柏安德立即嫌弃道:"这个我当然知道,房间里里外外我都翻过了,什么都没有,不然我为什么等着你醒过来?"

苏慕言看了一眼柏安德,应了一句,然后躺下翻个身打算继续睡。

柏安德看见苏慕言这样,嘟着嘴不开心地说:"都说了我饿了,你都不会起来帮助我一下吗?人类难道都像你一样没有同情心?"

苏慕言烦躁地伸出手指了指床头柜上的钱包,闷声道:"钱在那里,自己去买,"顿了顿,又补充一句,"帮我也带一份。"

柏安德看了看桌上的钱包,从里面抽出一张一百块,然后兴高采烈地出了门。

柏安德回来的时候,苏慕言刚好也饿了,听见他按门铃,满心期待地去打开门,看见两只手提得满满的柏安德愣在了门口,半天说不出一句话。

只见柏安德一只手提着一只鸡,另一只手提着一条鱼,重点是那条鱼还相当有活力,时不时地甩几下尾巴。

柏安德看着苏慕言站在那里半天没有动作,不满地说:"杵在这里干什么,没看见我提得这么辛苦吗,一点眼力见儿都没有,也不会帮帮我。"

"你就这么回来了?"

柏安德郁闷地说:"出去买菜不就是买这些吗,明明和我一起的大妈都是这样买的啊,我才不想跟着别人去买那些杂草菜叶呢,我是要吃肉的。"

苏慕言连看都懒得再多看他一眼,就更不要说帮他拿了。

望着苏慕言离开的身影,柏安德一脸不乐意地嘀咕:"什么人嘛,一点爱心都没有,没看见我提着这么多东西不方便脱鞋吗?"

他进去后,将那只捆着脚的鸡随意地放在了地毯上,至于那条鱼,直接被他放在了浴缸里,还给它放了一浴缸的水。

等苏慕言看见的时候,鸡已经在地毯上方便了几次,至于那条鱼,正在他的浴缸里悠闲自得地吐着泡泡。

想到自己花了五位数买来的地毯和被一条鱼用过的浴缸,一股无名之火从脚底猛地一下蹿到了头顶。这时候,柏安德却还完全不知情,问道:"苏苏,你会做饭吧,那条鱼你能做成红烧鱼吗,那只鸡你炖着吃就好。"

苏慕言瞪了他一眼,沉声道:"不会。"

柏安德认真地上下打量了一下苏慕言,摇了摇头:"怎么可能,这些天你不是都有做饭吗?别装了,你演得一点都不像。"

苏慕言冷哼一声,不想理他。他还从来没见过买只活鸡回来让自己宰的,以为自己是刽子手吗,还有不是都强调了让他不要叫自己苏苏吗？忍无可忍的他冷着脸对柏安德说道："带上你的东西，给我出去。"

柏安德听着苏慕言突如其来的一句话，愣了一下，才意识到他说的是什么，立即火急火燎地把那两个活物带上，跟着苏慕言一起出去了。

走在路上之后，柏安德手中的鱼一个劲折腾，直接从他手中掉到地上，他直接扑过去就把鱼抓在手中，哪知道吓到了另一只手的鸡，又扑腾了出去，弄得柏安德手忙脚乱，只得求助走在前面的苏慕言。

"喂！苏苏，帮我一下啊！"

苏慕言冷漠得连头都不回一下，继续往前走，柏安德只好委曲求全地呼唤道："苏慕言，帮一下我，我一个人抓不到。"

可看到他一个人在那儿独自奋战，苏慕言又实在不忍心，只能万分嫌弃地用一只手提着那只鸡的一只翅膀，举着好远地往前走。

这时候，那只鸡一个扑腾又想逃走，旁边一个过路的大妈淡淡地说："小伙子，鸡可不是这么抓的，要抓紧一点，它才没办法挣出去。"

苏慕言尴尬地笑了笑，瞪了一眼在那儿幸灾乐祸的柏安德，淡淡地说："今天我们吃素食。"

柏安德疑惑地问道："素食？是什么啊，好吃吗？"

苏慕言违心地狡黠一笑，淡淡地解释："就那样，没有肉。"

4. 深更半夜，画画时间

到了交稿的时间……

唐漫特意没有自觉准时地交稿，反而等着那边的编辑打电话来催。

等了一天，手机完全没有任何动静，他拿着手机端详了好久，以为坏掉了。这时，他同学打来电话问他借钱。

唐漫一句话都不说直接挂了电话，毁了自己最后的期许，还想要自己借钱，哼，做梦。

晚上睡之前，他安慰自己是编辑太忙，把他忘记了，怀着这样的心情等了一周之后，除了父母打了几个电话问他什么时候回家之外，完全没有再收到其他的任何消息。

唐漫不愿相信自己失业这个事实，直到最新的那一期《WOW》上市，他已经成功地将自己折磨得不像样子。

那天艳阳高照，天气经过了半个月的阴霾之后，终于洒下了缕缕阳光。看着这样的天气，唐漫安慰自己，今天一定是个好日子。

于是他满怀期望地在书店翻开了《WOW》，发现上一次刊登的还是自己作品的地方，这一次成功地换成了别人的，作者署名是柏安德。

唐漫在心底鄙视道，怎么不干脆叫作安德鲁呢？

经过这么多天的事实证明之后，唐漫终于相信自己真的被学长嫌弃，可还是嘴上不饶人地说："喊，柏安德，绘画界的魔术师，这么厉害，怎么不上天呢？"

老板还以为唐漫是来买杂志的，立马热情地过来推荐道："你也觉得这本书好吗，我自己都看了一下，比上一次的那个什么唐漫画的那些乱七八糟的东西强多了。要不然我才不会浪费精力去进货呢。"

听他这么一说，唐漫气得直接将手中的那本杂志撕成了两半，然后生气地对老板吼道："唐漫是我的偶像，我就是喜欢他画的东西，你们是不懂得欣赏！"

在老板还没有反应之际，唐漫将杂志扔在他脸上，然后像一阵风一样离开。

留下老板站在门口极力地呐喊，想要留住他的脚步。

唐漫想，以为我会买一本没有我作品的杂志吗？这样看看就够了，你以为我能上天啊，都已经失业了，怎么可能有闲钱买这种破东西？

晚上，苏慕言在看稿子，结果柏安德在客厅看《蜡笔小新》就算了，还将声音开得异常大。忍受了半个小时之后，苏慕言打开房门，厉声训道："把电视关了，给我去画画。"

柏安德咬着嘴唇，委屈地问："为什么？"

苏慕言瞥了一眼，淡淡地说："不为什么。"

虽然柏安德脸上写满了不想去，但是在苏慕言的注视下，不得不挪着小碎步，一点点走过去把电视关上，跟着苏慕言进房间画画。

因为不能看自己最喜欢的动画片，柏安德对着画板硬是半天不想画一点点东西。半个小时后，苏慕言做完了手头上的一些事情，转头一看柏安德，发现他竟然趴在画板上睡着了，口水沾满了整张画纸。

苏慕言气得直接将画板给撤走，只见没了支撑的柏安德，直接"嘭"的一声摔在了地上，那声音大得连苏慕言都吓了一跳，愧疚地想要去看看，却看见柏安德已经捂着头迷迷糊糊地爬起来。

在看到站在自己面前的苏慕言之后，柏安德不解地问道："咦，你怎么会出现在我的房间？"

苏慕言冷冷地说："洗个冷水澡，回来继续画。"

柏安德这才意识到自己是在苏慕言的房间里，揉了两下眼睛，看清楚苏慕言严肃的表情之后，一个人在那儿嘀咕着："给你画不就是了嘛，至于要我去洗一个冷水澡吗，不知道那样会感冒吗？"说着，拿着笔开始动手画画。

画着画着，每次柏安德想睡的时候，都会被苏慕言用书敲一下，在被打了十多下之后，柏安德忍无可忍地瞪着苏慕言，问道："你为什么不让我睡觉？"说着拉着苏慕言过去看时间，"你看看，这都什么时候了，你不睡觉，别人还要睡觉呢。"

苏慕言敷衍地应了一声，然后淡淡地说："画完吧。"

柏安德讶异地看着苏慕言，再看了看需要画的内容，顿时傻眼，就算他现在以最快的速度画下去，不画到明天中午怎么可能画得完。

"这怎么可能画得完，苏苏，我困。"

苏慕言冷哼一声，完全不顾柏安德语气里的哀求，淡漠地说："我看你精神挺好。"

一直到凌晨三点，苏慕言在喝了三杯咖啡之后，自己也受不了了，才满意地放柏安德去睡觉。哼，居然敢在我加班的时候看动画片，找死。

5. 唐漫的清洁工之始

　　第二天早上，苏慕言听到有人敲门，还以为是柏安德，心想，他精神这么好，以后就干脆让他还画久一点。

　　可是一听又觉得好像不是，可能是昨晚太晚才睡出现了幻听，苏慕言只是翻了个声，蒙着被子继续睡。

　　在门铃锲而不舍地持续响了十分钟之后，苏慕言终于烦躁地掀开被子气急败坏地爬起来，打开门连人都没有看就直接说："我没空。"

　　站在门口的唐漫张大嘴巴纠结着不知道要说什么。

　　因为作品下架，唐漫顶着可能饿死的后果坚持了半个月，终于相信自己已经失业了。可是没几天，他就听说苏慕言杂志社的设计总监徐玲珑需要一个清洁工，最重要的是还是在苏慕言家的隔壁。

　　坚信近水楼台先得月的真理，唐漫马不停蹄地过去毛遂自荐，表示自己能够胜任那个职位。

　　徐玲珑一脸诧异地看着唐漫，心想，他除了会画画居然还会打扫卫生？

　　可能是看出了徐玲珑眼神中的犹豫，唐漫赶紧补充道："我除了会打扫卫生，我还会抹窗户，我曾经是我们班窗户抹得最干净的，我还会做饭，还会……"

"嗯，可以了，明天过来上班吧。"徐玲珑实在不想听唐漫再说下去，遂淡漠地打断他。

一听徐玲珑同意了，唐漫激动地一个劲地握着徐玲珑的手感谢着。徐玲珑赶紧将手抽出来，嫌弃地说："不要动手动脚，别人会误会我们俩的关系，我不会喜欢你的。"

唐漫咧嘴一笑，说了一句："徐姐姐，我也不会喜欢你的。"气得徐玲珑直接跳脚。

第二天，唐漫早早地起床，为了让自己看上去比较清爽，还翻了半天找出了一根橡皮筋将自己都嫌弃却又一直懒得去剪的头发扎成了小马尾。

本来想早点去徐玲珑家，好给她留下一个好印象。可是现在，唐漫面前还摆着另外一个更加艰巨的任务，他分不清到底2405和2406到底哪个是苏慕言家，哪个是徐玲珑家了。

在楼道里纠结了半个小时之后，负责打扫楼道卫生的阿姨上去了之后，又下来还看见唐漫在那里，好心地问他："大妹子，你是忘记带钥匙了吗？要不要我帮你介绍一个很好的开锁匠，绝对安全放心。"

唐漫疑惑地看了看清洁阿姨，自己长得这么帅气，看上去像个女孩吗？虽然从小到大很多人都把他认成小女孩，但他就是一个货真价实的大男孩。

唐漫看了一眼阿姨，然后又看了看阿姨撮箕里那一大堆小广告，指着墙上唯一剩下的那张："您说的是这个人吧？"

阿姨连忙热情地点头："对啊，放心，让他开锁，绝对安全。"说完后，阿姨才反应过来，"你是小伙子？"

唐漫没有理会清洁阿姨的疑惑，只是就之前的问题问道："您认识他？"

只听那阿姨连忙改口："对啊对啊，他是我老公，小伙子，你到底要不要开锁啊？"

唐漫掏出自己的钥匙，笑着和阿姨说："谢谢奶奶，我就问问，其实我有钥匙的。"

阿姨可能嫌弃唐漫耽误自己的时间，嘀咕了一句"神经病"，就直接下了楼。

唐漫心想，看来现在连开锁都要有后台，不然连贴小广告都没有人罩着自己。

他开始觉得那个抢了自己版面的柏安德，肯定也是走了后门。

这样想着，唐漫终于下定决心敲2405那扇门。

6. 苏慕言的小癖好

苏慕言见唐漫半天不说一个字，觉得对方是在耽误自己的时间，顺势关门，想回去睡觉。

哪知道，他还来不及关上，柏安德就慵懒地从旁边出来，以为门口站着的是一个女人，心想，一大早就来找苏慕言，果然爱得深沉啊。

看到苏慕言这么冷淡之后，柏安德立即跑过去，替唐漫解围："人家都到门口了，你怎么都不叫人家进来坐坐呢？"

唐漫这才回过神来，尴尬地笑了笑，说："你是苏慕言学长吧，我是唐漫，就是那个……"

还不等唐漫说完，苏慕言就板着脸打断道："我知道，没什么事就再见。"

苏慕言当然知道他是唐漫，重点是，自己不过是把他的作品下了架，他居然直接跑到自己家里来，还真是执着啊。

还不等苏慕言关门，柏安德就伸手挡住，嫌弃地说："苏苏，你这种态度是嫁不出去的。"

唐漫这才注意到柏安德，心里疑惑着，为什么这个人出现在苏慕言学长的家里，他是谁？看年纪应该和苏慕言学长差不多，看长相，和苏慕言学长完全不是一个风格啊，那……

莫非……他和苏慕言学长……而且，连称呼都这么亲密。

柏安德看了一眼苏慕言，惊讶道："咦，苏苏，你今天怎么穿着我的裤子啊？"

唐漫诧异地看了看苏慕言的裤子，又看了看柏安德身上的那件衣服。

此刻他恨不得找块豆腐把自己撞死，天哪，虽说每个才华出众的人都会有些小癖好，只是，自己崇拜苏慕言学长这么多年，从来没有听说学长有什么特殊癖好啊。

不过这些癖好也没有人会直接说出来的啊。

"拿错了。"

天哪，连裤子都能拿错，莫非是睡在一起？越想唐漫越觉得这不正常，可是看着苏慕言异常正派的脸，又觉得一切好像不是这么回事。

唐漫觉得这一切发生得太过突然，打算收拾心情缓上半刻。

苏慕言当然不知道此刻唐漫心里经历了强烈的思想撞击，冷冷地看着唐漫，似乎在想他为什么还不走。

就在柏安德想打破这个尴尬的时候，唐漫一个九十度大鞠躬，郑重地开口道："苏慕言学长打扰了，我只是找错地方，马上就走，抱歉。"

一听对方不是来找自己说漫画的事，苏慕言也就没有再说什么，转身回房间补觉。

柏安德觉得苏慕言简直太不解风情了，于是热心地叫住打算离开的唐漫："你是要去哪儿，这一片我可熟了，要不要我帮你找一下？"

柏安德之所以会这么说，其实是想找个理由出去一下，毕竟因为上次他出去毁了一片绿化带之后，苏慕言就不让他单独出去了。

那天，柏安德跟苏慕言说自己想出去转一转，本来一切都应该挺正常的，可是没想到，柏安德出去转一转居然还带了一束花回来。

当时苏慕言也没有多问，直到第二天，城管来到自己家，说自己毁坏城市建设的时候，苏慕言看了看正摆在客厅茶几上的那束花，冷着脸和城管交涉。

当天，苏慕言连做饭都没有准备柏安德的份，柏安德追问为什么。

只听苏慕言淡淡地说："你的伙食已经用来赔款了。"

后来柏安德才知道是因为那一束花的原因，却死也不肯承认是自己的错，为了避免这种事再次出现，苏慕言就对他下了禁足令。

从未被拒绝过的柏安德原以为唐漫一定不会拒绝自己的好意，哪知道对方只是指了指隔壁，淡淡地回答："我只是忘记了门牌号。"和对着苏慕言时的态度完全不同。

柏安德完全没有感受到唐漫语气里的疏远，热情地邀请："那你们中午有空吗，欢迎你和徐小姐一起过来吃午饭。"

唐漫犹豫了一下，但是想到可能会和苏慕言学长坐同一桌，虽然现在看来，邀请他的人可能是苏慕言学长的秘密情人，但对方表现出这么诚挚的态度，自然就没有拒绝的道理，就点头答应了。

于是，在苏慕言不知道的情况下，柏安德邀请了唐漫来自己家吃饭。

在住进这里来的一个多月里，除了隔壁的大美女送了十次水果，自己趁机邀请她吃过三次晚饭之后，柏安德就没有见人来找过苏慕言了。

柏安德看了看苏慕言的房门，他不会真当自己是和尚吧，清心寡欲？

7. 谁让你叫一群豹子来我家的

中午十一点，苏慕言被柏安德推醒，迷迷糊糊地转过头来看见柏安德一脸讨好地跪在自己床边，说："苏苏，该起来做饭了。"

苏慕言提不起精神地看了柏安德一眼,淡淡地说:"请你不客气地直呼我全名。"

"这都不重要,主要是该吃中饭了。"

"冰箱有肉,自己啃去。"

听到苏慕言让自己去啃肉,柏安德一脸委屈地解释:"我虽然是豹子变的,但是我也从来没有说过我喜欢吃生肉啊。"接着又神神秘秘地说,"何况,中午我们家还有客人要来哦,你总不能让他们和我一起吃生肉吧。"

苏慕言烦躁地坐起来,冷冷地质问道:"谁让你叫一群豹子来我家的?"

见苏慕言会错了意,柏安德摇了摇头,淡淡地说:"不不不,这次来的都是你的同类,就是今天早上来找你的那个唐漫小姐,我还顺便邀请了隔壁的徐小姐。"

"唐漫?小姐?"苏慕言皱着眉头想了半天,他还从来不知道唐漫是个女的呢。

柏安德以为苏慕言是没有听清楚自己说了什么,只好手舞足蹈地描述了一遍:"就是今天早上来找你那个啊,长得很漂亮的,扎了个小马尾的。"

"他是个男的。"苏慕言无奈地解释。

一听苏慕言说唐漫是男的，柏安德受到了严重的惊吓。

"天哪！告诉我这一切都不是真的，长得这么漂亮竟然是个男的？"随后他又换了一副表情总结，"总之你知道是谁就可以了。"

见柏安德这样随随便便让人进自己家，苏慕言不得不提醒他："你认识唐漫多久了？你不知道刊登你漫画的版面以前就是唐漫的？"

一听自己的漫画用了别人的版面，柏安德立即意志坚定地说："既然我的漫画用的是他的版面，那就更要请他吃顿饭啊。"

苏慕言看着柏安德，相对无言中……

苏慕言盯着柏安德看了半天，发现他没有开玩笑之后，觉得好气又好笑，只有柏安德会天真地以为发生这样的事，还可以和别人做好朋友吧。

面对柏安德期待的眼神，苏慕言于心不忍，只好起床出去买菜。

苏慕言想起了一件事。

那天苏慕言出去买菜，当时柏安德一听，硬要跟着一起去。

两人一到超市，柏安德就忍不住发出惊叹："天哪！居然还有这么好的买东西的地方。"

听见柏安德的话，苏慕言忍不住鄙视，你以为世界上就只有上次去的那种菜市场吗？"

进去后，苏慕言完全管不住在那儿到处乱窜的柏安德，只得吩咐道："我在这边买菜，不要到处乱窜，记得找回来。"

得到苏慕言的赦免之后，柏安德兴奋得几步就消失在了他的视线里。

随后，柏安德开始将从各种地方搜索到的各种东西放进了苏慕言的推车里，起先都是些什么牛肉干、果脯之类的东西。

可是，当两人去结账的时候，苏慕言忽然发现，为什么购物单上会出现一包卫生巾？他看了看自己的袋子里，再看看兴奋地走在前面的柏安德。

他总算知道，为什么结账的时候，那个美女看自己的眼神为什么那么复杂，还以为是因为自己长得像她初恋男友呢，原来是……

此后，苏慕言明令禁止柏安德伸手拿东西。

可是，管得住柏安德的手，却管不住柏安德的嘴。

就像现在，苏慕言刚拿起一把菜薹，柏安德立即脸色难看地说："这个上次你炒了，一点都不好吃，就跟吃草一样。"

苏慕言看了看他，虽没说什么，但还是将菜薹放下，伸手去拿旁边的菠菜。

柏安德赶紧伸手拦住："这个味道好奇怪，有一股土的味道，我又不是蚯蚓，从来不吃土的。"

苏慕言只好又放下，看了看周围所有的菜之后，选中了最边上的白菜，心想，这么普通的菜，总没有什么好说的了吧。

哪知道他还没有走过去，柏安德就说道："这个菜……"

还不等他说完，苏慕言就瞪了他一眼，忍无可忍地打断道："再说一个字，就自己去啃冰箱里的肉。"

被苏慕言这么一说，柏安德才不情不愿地撇了撇嘴，委屈地跟着苏慕言。

8. 四人的第一次聚餐

回到家，苏慕言开始不紧不慢地择菜，至于柏安德，则啃着刚买回来的苹果看着电视，时不时地进厨房看看苏慕言，催他快点。

苏慕言在心里埋怨，要不是你邀请别人过来，我至于现在就起来做饭？

邀请别人恐怕都是借口，只不过是找不到理由叫自己起来，所以才故意叫别人过来吃的吧。

这样想着，苏慕言更加觉得无奈，要不是需要他帮自己画画，哪里会轮得到他翻天的时候。

在苏慕言炒得差不多的时候，柏安德已经蹦蹦跳跳地跑到阳台，冲着旁边喊道："徐小姐，唐漫小……"说到一半柏安德发现好像不对劲，立即改口道，"你们快过来吃中饭吧，苏慕言已经将饭弄好了呢。"

在阳台上趴着擦地板的唐漫听到柏安德的呼唤之后，立即丢掉手中的抹布，拉着徐玲珑的手昂首阔步地朝着隔壁走去。

站在2405门口的时候，徐玲珑对唐漫说道："你还是先放开我吧，抓这么紧，苏总会误会的。"

唐漫一脸紧张地解释："可是不抓你的手我会紧张。"

徐玲珑诧异地看了唐漫一眼，脸上闪过一丝娇羞："你说什么？"

"毕竟这扇门里面住着的可是我崇拜多时的偶像啊。"

听到唐漫的回答，徐玲珑毅然决然地甩开了他的手，朝前走了一步，将唐漫甩在了后面，摆出一个标准的微笑，按下门铃。

炒着最后一道菜的苏慕言只听门铃一响，就看见柏安德以迅雷不及掩耳之势冲了过去，打开门。

一开门，就看见正在风情万种地撩着头发的徐玲珑，以及跟在后面略显紧张的唐漫。

柏安德看着这样的徐玲珑，有些不好意思地说："徐小姐，你今天真美。"随后伸手示意他们进去。

等人都进来后，柏安德才冲厨房喊道："苏苏，动作快点啊，客人都来了。"俨然一副主人的架势。

此刻，苏慕言恨不得将锅铲往柏安德头上砸去，自己肯做饭就已经够给他面子了，居然还敢在那儿站着说话不腰疼。重点是，当着外人的面，就不会正经地叫自己名字吗？

唐漫看了看厨房，忍不住赞叹："苏慕言学长还真是厉害，不仅才华出众，居然还会做饭。"

一听唐漫和苏慕言是校友，徐玲珑也来了兴致，连忙问道："苏总做饭很厉害的，只是你们居然是校友？"

唐漫一脸骄傲地回答："那当然了，可惜我读书的时候，他已经毕业了。"

徐玲珑还想说些什么，却看见苏慕言已经端着最后一盘菜从厨房出来了。

虽然已经来苏慕言家里蹭过很多次饭，但是徐玲珑还是觉得苏慕言是那么赏心悦目，就算是系着围裙，也会让人莫名地觉得紧张。

在苏慕言将最后那盘菜端到餐桌上的时候，徐玲珑猛地站起来，坐在她旁边的唐漫被她吓得直拍胸脯，只听她一脸娇羞却故作认真地说道："经常这样来打扰苏总，真是不好意思。"

苏慕言看了一眼徐玲珑，冷淡地回答："没事。"

虽然只有两个字，但足够让徐玲珑心花怒放了。

柏安德看了看两人，自动忽略了人类所谓的感情交流，只见他完全没有了刚才那副礼貌的模样，直接扑到饭桌前，伸出手就去抓碗里的肉。

眼看着就要拿到了，忽然，横空出现一双筷子，毫不留情地打在他的手上。

柏安德条件反射般地缩了手，愤懑地转过头，刚想开口骂人，就看到苏慕言那冷酷的眼神，只得悻悻地闭嘴。

平时吃饭他这么没有规矩用手抓苏慕言也就忍了，可今天有客人在，总不能任由他这样没规没矩吧。

苏慕言看了看那两人，发现徐玲珑正在看着自己，有些不好意思地朝她笑了笑，至于唐漫则完全沉浸在自己能到苏慕言家吃饭的喜悦里，完全没有注意到这边发生了什么。

"去把碗筷拿过来。"苏慕言冷声吩咐道。

柏安德只好不满地撇着嘴，动作缓慢地去拿碗筷。

9. 仇敌相见，分外眼红

饭桌上，柏安德专心致志地吃着肉，而徐玲珑完全就是一副娇羞的小女人样，至于苏慕言就更不用说了，全程都是冷着脸的。

唐漫实在不适应在这样沉重的气氛中吃饭，目光在所有人中转了一圈之后，找到了比较好说话的柏安德，开口问道："对了，还不知道你叫什么名字呢？"

"你是在问我吗？"正在吃肉的柏安德听到有人说话，诧异地抬起头不确定地问。

见唐漫点了点头之后，柏安德立即微笑着说："你好，我叫柏安德，暂时住在他家，想我可以来这里找我。"说着，指了指苏慕言。

一旁的苏慕言根本来不及阻拦就听见柏安德已经说出了口，只能为他捏了把汗，世上怎么会有这么蠢的人？

"你就是柏安德？"唐漫不确定地问道。

柏安德觉得对方的问题有些奇怪，但还是一脸诚恳地点了点头："对啊，我就是柏安德，有什么问题吗？"

唐漫又接着问道："那你知道我是谁吗？"

柏安德显然被唐漫的这个问题问得有点蒙，大笑着回答："哈哈哈，难道你不会不知道你自己叫唐漫吧？"

一旁的苏慕言只看见唐漫将筷子往碗上一扣，朝柏安德冲了过来，吓得徐玲珑端着碗躲在一旁，至于完全没有防备的柏安德险些被唐漫弄到地上，苏慕言只好眼疾手快地扶住他。

柏安德被唐漫惹火了，语气不佳地说："你没病吧，好好地吃着饭，你这是要干什么？"

　　唐漫被苏慕言迅速控制住，想要挣脱却没有成功，只好怒骂："你问我要干什么，就是因为你，害得我的漫画下架，害得我现在要去当清洁工，你居然还在这里问我要干什么？"

　　一听说漫画的事，柏安德立即来了兴致，客观地点评着唐漫的漫画："我看过你的漫画，实在是太丑了，一点水平都没有，我想就算没有我，你的画也会下架吧。"

　　见他这样说自己的劳动成果，唐漫一气之下从苏慕言那里挣脱出来，直接扑向柏安德。

　　这次柏安德早有防备，及时地躲开，倒是让唐漫摔了一个狗啃屎。

　　唐漫迅速地爬起来抓起手边的椅子就往柏安德身上砸，吓得徐玲珑连筷子都掉了。

　　柏安德奋起反抗。眼看着两人就要进行一场恶战了，苏慕言适时地制止："够了，你们再闹就都给我出去。"

　　他知道，自己再不站出来说话，恐怕这房子的房顶都会被这两人给掀了。

　　柏安德本来还想评价一下唐漫的画，却被苏慕言训斥道："你再说一个字，我保证明天你就在动物园过夜。"

唐漫这才意识到自己是在苏慕言家，也不知道苏慕言后面的那句话是说给谁听的，只能干瞪着柏安德，将手中的椅子放下。

接着他对苏慕言说："抱歉，学长，我看我还是先走吧，否则我怕我控制不了我的身体。"说完转身离开。

见唐漫一走，回过神来的徐玲珑也跟苏慕言说："苏总，我看我也先走吧。"说完一溜烟地消失了。

见大家都离开，苏慕言才重新回到饭桌上吃饭，淡定得像是刚才的一切都没有发生过。

柏安德一瘸一拐地回到饭桌，吃完自己碗中最后一块肉之后，捂着肩上的痛处，委屈地埋怨："你们人类真是太暴躁了，简直就是一群蛮横之徒。"

苏慕言漫不经心地回答道："抢了别人的女人，还坐在那儿点评别人，你果然只能做一只动物。"

柏安德想了一下，疑惑地问："我好像没有和徐小姐发生什么吧，难道是刚才我开门的时候忍不住夸了徐小姐漂亮？"

"和徐玲珑没有关系。"苏慕言不想再和他进行无趣的交流，于是放下碗筷，提醒柏安德记得收拾碗筷，就径自回了房间。留下柏安德一个人在那儿仔细回想着，到底是什么时候让唐漫误会自己抢了他的女人。

而另一边，唐漫回到徐玲珑的房间之后，就把窗帘全都拆了下来，抱进卫生间开始用手搓着。

徐玲珑在一旁站着问道："我家洗衣机还没有坏，我还没有苛刻到一定让你用手洗。"

唐漫盯着徐玲珑看了半天，看得徐玲珑都有些不好意思了。

听到徐玲珑说："你这样看着我，我会害羞的。"之后，他才转过头埋怨道："你就忍心看着我在学长面前丢脸，刚才你为什么不拉着我？"

徐玲珑回忆了一下刚才的情景，不可置信地问："你认为，我拉得住你？"

唐漫转过头继续拿着窗帘出气，一边搓着窗帘一边碎碎念道："居然说我画的东西难看，居然说没有他我的画也会下架，居然……"

徐玲珑看了看苏慕言，担心着他手中的窗帘，不得不提醒道："你的画确实有点丑。"

话刚说完就被唐漫瞪了一眼，她只好撇了撇嘴离开，任由他拿着自己的窗帘出气。

果然，男人愤怒起来更可怕，哪怕只是个看起来像女人的男人。

TAMEN
YUBAO
—— 第三章 ——
唐柏组合，相爱相杀

1. 神秘消失的各种生活用品

晚上，苏慕言下班回到家中洗完澡，刚想把衣服也一块洗了，可是他在卫生间里找了半天，又跑去阳台，都没有看见洗衣液的影子，淡淡地问柏安德："你把家里的洗衣液喝了？"

柏安德漫不经心地转过头，回答道："今天下午隔壁的唐漫来借，我就直接给他了，顺便告诉他用完了再还回来。"

苏慕言看了看堆在卫生间的衣服，只好重新换了衣服出去买，总不能大半夜过去说，我来拿自己家的洗衣液吧？何况他从来没有把借出去的东西再要回来的习惯。

原来，在苏慕言去上班后，柏安德一个人在家无聊地看着动画片，听见有人敲门，想起苏慕言说的不要什么都往家里面带，于是谨慎地从猫眼里朝外看了看。

看见是唐漫之后，还以为他又是来找自己打架的，立即问道："你又想怎么样？"

唐漫可能是想到自己上次冲动打架的事情，有些难为情地说："那个，我那边的洗衣液用完了，可以借一下你家的吗？"

柏安德不确定地看了半天，转身回去拿了洗衣液之后，将门开了一个小缝，将洗衣液递出去之后，迅速将门关上，提醒道："用完了记得还回来。"

唐漫看了看那扇已经关上的门，无奈地想着，柏安德刚才那句用完了再还回去，难道是这个空瓶子还有什么重要意义？

次日，苏慕言想用保鲜膜盖一下没吃完的菜，结果找了半天没有找到，还以为是用完了。

紧接着，苏慕言发现，家里的水果刀也找不到了。当时苏慕言以为是自己放在什么地方不见了，一向不吃皮的他，只能用菜刀削苹果吃。

后来，家里的吹风机也不见了，最后甚至连家里的菜刀都被借走了。

那天晚上回来,苏慕言正准备做饭,就在一切准备就绪之后,发现平时放菜刀的地方,空空如也。

苏慕言将柏安德拉到厨房,冷声质问道:"你下午表演豹子吃菜刀呢?"

柏安德仔细地理解了一下苏慕言话语中的意思,赶紧解释着:"我哪有这种特异功能啊,这不下午唐漫过来说隔壁的菜刀不锋利,我就把我们的给他了啊。"

"用完了再还回来?"苏慕言淡淡地问道。

柏安德仔细地想了一下,不确定地回答:"我好像是这么说的,但又好像是说,记得再还回来。"

苏慕言将刚刚洗好的肉,放回冰箱,对柏安德说:"今晚我们吃白菜。"

柏安德不解地看着苏慕言,又看了看今天的菜,一脸委屈地说:"你是不是嫌弃我吃肉吃得太多了,那我下回省着点吃好了。"

"你不是一直吃隔壁的进口狗粮吗?"苏慕言淡淡地说。

"我不吃狗粮,何况他们家那么穷,肯定也买不起。只是唐漫每次来借东西,顺便和我说几句好话,我就不忍心了,这么友好的人,你让我怎么忍心做恶人呢?"柏安德犹犹豫豫地争辩道。

苏慕言冷哼一声:"下次我也友好地拿椅子砸你,免得把我的东西都给了别人。"

"当时只是一点点小误会,既然人家愿意诚心改过,我们总要给他机会,你说是吧?"

苏慕言无奈道:"你的智商看得出别人诚心改过?"

"他现在都是笑着对我说话啊。"柏安德很是得意地说。

苏慕言:"……"

觉得已经没有再和他解释这一切的必要了,苏慕言只好冷艳地说:"你要是再借什么东西过去,我会拿你的肉钱来补贴,再不济我就直接把你卖了。"

苏慕言想,养一只豹子就已经够辛苦了,重点是这只豹子还不知道给自己节省一下,居然拿着自己的东西去讨好别人,完全没有一点自己的威风。

柏安德只好勉为其难地答应,说下次自己一定拒绝。

2. 胜于毒药的茶水

紧接着的几天,柏安德一直提心吊胆的,甚至开始反复地练习措辞,严阵以待,生怕唐漫会突然过来找自己借东西。

就在他稍稍放松的时候，唐漫又笑意盈盈地出现在了自家门口。这次柏安德连门都不敢打开，还不等唐漫开口就佯装冷漠地说："不要妄想在我家借东西了。苏慕言说了，我们家的东西已经被你借完了，你要用的话自己去买去。"

唐漫听见柏安德这么直接地拒绝自己，多少有些失望，只得解释道："你可能误会了，我这不是看见你也是一个人，我呢也是一个人，想着我们凑在一起解解闷。"

柏安德想了一下，冲着门外喊道："我不喜欢男的，你就死了这条心吧。"

听见对方误会了自己的意思，唐漫无奈道："谁喜欢你啊，我只是来串串门好吗，好歹我们也是邻居，有时候需要沟通一下感情的。"他总不能说是因为一个人待在徐玲珑家，又没有电视剧看所以无聊吧。

柏安德透过猫眼盯着唐漫看了半天，将信将疑地问："你真的不是来找我借东西的？"他可不愿意为了唐漫得罪苏慕言，然后过着每天没有肉吃的日子呢。

"我真的只是来找你聊天的。"唐漫一脸真诚地说。

见他都这样说了，柏安德只好犹犹豫豫地将门打开，最后还不确定地问道："你真的不是来借东西的？"

唐漫只得点点头，伸出手指保证自己真的只是来找他聊天的。

柏安德这才相信他，然后将房门打开，瞬间一脸热情地说："快进来吧。"然后在心里盘算着，唐漫出现得还真是及时啊，自己刚刚将那部动画片看完他就来了。

感受到柏安德的热情，唐漫心安理得地在沙发上坐下，只听柏安德对他说："最近没有什么动画片看，你就将就看一下吧。"说完打开电视，帮唐漫调到了《熊出没》。

柏安德想着，不管远近，进来都是客，自己好像从来没有招待过客人呢，觉得自己有必要好好地表现一下，于是学着苏慕言平时招待人的那一套，给唐漫泡了一杯茶，礼貌地端过去。

把茶递给唐漫之后，柏安德开始期待唐漫会像苏慕言的那些客人一样，面带微笑地夸赞一下自己。毕竟每次苏慕言给别人递过茶过后，别人都会忍不住赞叹一句："苏总泡茶的技艺真不错。"

就在柏安德还在幻想的时候，唐漫端起茶端详了半天，大着胆子去尝一下，一股奇怪的味道从嘴里蔓延开来，害得他直接喷在了茶几上。

原来，柏安德泡的是上次别人送给苏慕言的黑茶，这种茶本身就透出一些淡淡的霉味，一般不是很喜欢喝茶的人，基本上都不喜欢喝这个的。何况小小的一杯水里，竟然有一半都是茶叶。

这样的泡茶方法，恐怕没有几个人受得住。

唐漫只好自己跑过去接水，结果因为平时的习惯害得他接了一杯开水，灌下去之后直接烫得说不上话来。

本来还在扬扬得意的柏安德，被这突如其来的变化吓了一跳，愣在原地看着唐漫一个人在房间里到处乱窜。

在喝了几口冷水冷静了片刻之后，唐漫警惕地往后站了几步，对柏安德说："你是不是还在怪我上次用椅子砸你的那一下？"

"那件事我早就忘记了，我这人向来不喜欢记仇。"柏安德豁达地说。

唐漫指了指桌上的那杯黑茶："你不是想用这个毒死我吗？"

柏安德不相信地说："这看着虽然难看了一点，但怎么可能会是毒药呢？"说着端起那杯茶一口喝下。一口茶还没咽下，他就直接朝卫生间冲去。

过了半天才从里面出来的柏安德，面色难看地解释："这只是一个意外，我没想到人类的东西这么难喝。"

唐漫不屑地看着柏安德，心想，他好像完全忽略了这件事情最重要的因素，那就是——他自己。

3. 期待有大块肉的泡面

随后两人相安无事地看着电视，一直到中午，柏安德忽然转过头问道："你会做饭吗？"

原来，因为苏慕言今天上班的时候走得匆忙，连早饭都没有做，柏安德只好将就地将昨天晚上剩下的菜全吃了。

可是聊到现在，柏安德觉得饿了，却发现家里已经没有任何吃的了。

听到有人问他会不会做饭，想着自己来徐玲珑家里这么久还没有好好地施展一下厨艺,唐漫立即骄傲地对柏安德说："做饭对我来说是小菜一碟，我比较喜欢做另一个东西，我这就做给你吃。"

一听有好吃的，柏安德两眼发着光地追问道："是什么啊？"

唐漫对着他谜之一笑，郑重地说："方便面，你知道吗？"

柏安德好好地搜寻了一遍记忆之后，发现从来没有听说过这个东西，只能单纯地摇头表示不知道。

一听柏安德没有吃过方便面，唐漫顿时来了兴致，骄傲得意地说："想不想要我煮给你吃？"

因为苏慕言不喜欢吃面，所以柏安德来这里这么久，还没有吃过面呢，不免想要试一试，连忙点头："真的吗？那太好了。"

唐漫得意地一笑，转身下楼去买方便面。这时，柏安德像是想起了什么，问道："对了，你做的那个面里面有肉吗？"

唐漫想了一下，不确定地说："运气好的话应该是有的，我们运气不是一直都好吗，应该是有的。"

听说有肉，柏安德才放心地让唐漫下去买，自己躺在沙发上继续看动画片。

远在办公室的苏慕言这才想起来没有给柏安德准备午饭，于是拿起手机打电话问道："你吃饭了？"

"没有。"柏安德委屈地说，但是马上他又说，"不过隔壁的'唐漫小姐'说要给我做面吃，有肉的那种。"

一听柏安德自己解决了吃的，苏慕言也就没有太在意，只是他怎么老是觉得今天好像有什么事情要发生呢？

苏慕言刚想交代一下柏安德在家里别给自己惹祸，话还没说出口，就听见那边的柏安德激动地说："算了不跟你说了，'唐漫小姐'回来了。"一说完就果断地挂掉了电话。

苏慕言望着自己的手机，心想，果然自己养了他这么久，还比不上一顿肉啊。

柏安德兴奋地跑去给唐漫开门,激动地问道:"让我看看是怎么样的面。"

唐漫大方地将手中的两袋方便面递到柏安德面前,得意地说:"面和肉都在这里面,别看它小,可是什么都有哦。"

柏安德将信将疑地拿着他买回来的泡面看了又看,疑惑地问道:"你确定这里面真的有肉?"

面对柏安德的疑问,唐漫自信地回答道:"你看,我买的是红烧牛肉的。"说着指了指包装袋,"看到没有,等我做出来之后,就是这样的。"

柏安德拿过来端详了一会儿之后,指着上面的一行小字问道:"图片仅供参考是什么意思?"

唐漫干笑了两声之后,解释道:"这些都不是重点,重点是,除了这个我别的都不会了,你看你要不要吃?"

听到唐漫都这么说了,柏安德也不好再说什么,转身继续去看电视,让唐漫自由发挥。

可是唐漫一进厨房又缩了回来,问道:"你们家怎么烧水?"

"把煤气打开就可以了。"

只见唐漫面露难色道:"我不会……"

柏安德看了看唐漫确定他真的没有撒谎之后,不耐烦地替他开了煤气,嘴里不满地啐道:"真不知道你是怎么活过来的。"

在说这句话的时候，柏安德好像忘记了，自己可是一个除了会开煤气热个菜，连方便面都不会煮的人。

4. 所谓的图片仅供参考

几分钟后，唐漫端着两碗热腾腾的面出来了。柏安德急得直接噌地从沙发跳到了餐桌上，吓得唐漫险些把汤洒出来烫伤自己。

"你这么厉害，怎么不上天呢？"

此刻心系方便面的柏安德，直接将唐漫手中的面拿过来摆在自己面前，拿起筷子开始翻着。直到他里三层外三层地翻了整整十遍之后，才抬起头疑惑地问道："这就是你说的有肉的面？"

吃得正欢的唐漫，被他这么一问，不解地抬起头，嘴里还含着一口面回答道："差不多就是这样了。"说着还帮他找了一块小指大的肉末，"看，这不是肉吗，知足吧。"

柏安德拿起唐漫丢在桌上的包装袋和自己碗里的面对比了一下，然后嫌弃地说："除了面是一样多的，其他的都只有十分之一大小，原来这就是图片仅供参考的意思啊。"

柏安德看了看那碗面，相当嫌弃地将它推到一边，问道："你还会做别的吗，只要和这个肉大小差不多就可以。"说着指了指泡面包装。

唐漫不耐烦地回答："这可是我的独门绝技，独门的意思就是，除了这一个，我别的什么都不会。"

柏安德显然对那碗只能找到肉末的泡面没有什么好感，看了看那碗泡面，疑惑唐漫为什么会吃得那么开心？

虽然自己的独门绝技被嫌弃，唐漫却丝毫没有介意，心想，要是柏安德不吃那么自己就替他将那碗也一起吃了。

就在唐漫将自己的那碗吃完，礼貌地问柏安德还要不要吃的时候，柏安德的肚子适时地叫了起来。

可能是因为太饿了，柏安德想，没有肉就没有肉吧，总比饿死强，早知道就不应该在苏慕言打来电话的时候，说自己已经解决了午饭，简直就是自作自受。

他叹了口气，暗自决定一定要让苏慕言今天晚上给自己多做一点肉补回来。

于是在唐漫将魔爪伸向自己那碗面的瞬间，柏安德将它护在了自己怀里，开始狼吞虎咽。

吃完后，柏安德评价道："虽然没有肉，但是好像还是挺好吃的。"

对于柏安德的这个评价，唐漫还是有些满意的，毕竟英雄所见略同，在他眼里泡面简直就是人间美食。只见他打了个饱嗝，拍了拍柏安德肩膀满意地说："泡面，人类的福音。"

吃饱喝足之后,柏安德溜达到阳台舒活筋骨,结果往旁边一看,就看见徐玲珑那边的阳台上闪闪发亮,波光粼粼,忍不住感叹:"天哪,对面的阳台怎么这么好看啊?咦,怎么越看越像有水啊?"

听见柏安德这么说,唐漫忽然猛地一下站起来,想起自己好像在徐玲珑那边还洗着……外套。

柏安德忍不住冲着里面呼唤道:"唐漫,你快来看一下。"

就在他满怀期待地等着唐漫来和自己一同看对面阳台的时候,唐漫已经出现在了对面的阳台上,拿起拖把开始辛勤地劳动着。

看见唐漫居然也有这么快的时候,柏安德忍不住在这边赞叹着。但是此刻的唐漫完全没有心思跟他说闲话,要知道,因为早上徐玲珑离开的时候叮嘱他帮她洗外套,结果因为自己没有及时关掉洗衣机,现在水已经倒流得满屋子都是了。

此刻他内心想的是,要是徐玲珑回来看见这一幕,自己恐怕……

柏安德见他不理自己,干脆直接搬了一张椅子坐在阳台上,顺便从茶几上拿了一个苹果。

5. 一句话引发的世纪之战

在看着唐漫在阳台上辛苦耕耘了十几个来回之后，柏安德终于按捺不住地从这边跳到了对面。

本来就已经很辛苦的唐漫，被柏安德这么一吓，整个人怔在那里，手里的拖把掉到地上，把地板砸得哐哐直响。

隔了半天之后，唐漫才从刚才的惊慌中缓过神来，探出头朝楼下看了看，又看了看站在自己旁边的柏安德，问道："你是怎么过来的？"

"就这么过来的啊！"

看到唐漫脸上写满的不相信之后，为了证明自己话语的真实性，柏安德来回跳了一次之后，对唐漫挑了挑眉，得意地说："看清楚了吗？"

只见唐漫拍了一下大腿，激动地说："天哪！没想到你还有这样的特技，你这么厉害怎么不上天啊？"

柏安德得意地笑了笑，不理会还在那里感叹的唐漫，找了块比较干净的地方坐下，咬着手中的苹果，近距离地观察着唐漫。

过了会儿，他忍不住问道："需要我帮忙吗？"

唐漫好不容易从忙碌中抽空出来，烦躁地说道："你这不是废话吗？难道你过来就是来看热闹的？"

柏安德撇了撇嘴，总不能说自己本来就是因为觉得热闹所以才过来的吧,只好无奈地开始帮唐漫整理房间。

因为距离唐漫比较远,等唐漫闲下来看柏安德的时候,只看见柏安德那边已经全部都是泡沫。

原以为是柏安德不小心打翻了什么,结果走进去一看,柏安德竟然在那边正神采奕奕地把洗衣液从里面倒出来,一个人孤独地在玩泡泡。

被气得半死的唐漫将拖把往地上一丢,淡淡地问道:"你就是这样帮我的?"不帮自己就算了,居然还在这里给自己捣乱,那一块地方可是自己好不容易才弄干净的啊。

柏安德被唐漫丢掉的拖把溅了一身的水,不满地说:"'唐漫小姐',你把水都弄到我身上了。"

听到有人叫自己小姐,唐漫生气地拿起旁边的抹布往柏安德身上一砸:"你叫谁小姐呢,我可是货真价实的爷们儿。"

柏安德敏捷地一闪,躲过了朝自己砸来的抹布,指着他的头发评价道:"爷们儿,那你为什么留这么长的头发?"

这下唐漫更气愤了,不管三七二十一,拿起旁边的拖鞋直接砸来过去:"留长头发就是女的?没见过大艺术家都留长头发吗?我这叫个性,你就是嫉妒我长得比你帅,我还没说你长得丑呢。"

这下柏安德也火了,捡起地上的抹布砸回去:"你说谁长得丑！"

本来没有什么事情的两个人因为柏安德的那句"唐漫小姐"，直接触发了唐漫的火山。

小时候，因为前面还有个姐姐，造成了他姐没穿几次的衣服，就那样自然而然地穿在了唐漫身上。

那时候不懂事也没有在乎这些，可是后来长大之后他发现，每次他妈带着他出去的时候，一些阿姨总是半开玩笑说："小漫真是越长越标致了。"

后来想想，那些话完全就是表扬女孩子的那一套，从此以后，唐漫就格外讨厌别人说他长得标致。

无奈他实在是长得太过阴柔，小学时他妈妈带着他去报名，那老师本来只是想要讨好一下他妈妈，于是随口说了一句："你家孩子长得这么伶俐，你怎么也舍得让他把头发剪得这么短啊？"

当时唐漫就直接将老师面前的那张桌子推翻，甩手离开，留下他妈妈在那儿当和事佬，连忙赔着不是："我儿子脾气有些不好，老师不要见怪啊。"

自那以后，他就认为，谁说他长得漂亮就是对他性别的侮辱。何况今天柏安德一时兴奋居然直接说漏了嘴，都怪他平时和苏慕言开玩笑时说的全是唐漫小姐。

不过现在柏安德可没有反省的闲心，毕竟他已经全身心地投入到了这场战争中。

6. 看吧，别人家的孩子还会先告状

苏慕言回到家，发现家里一个人都没有，心里一慌，本来今天他就觉得眼皮直跳，回来还没有看见柏安德，心里更加不安。

就在他刚打算出门去找一下柏安德的时候，徐玲珑从旁边冲过来，神色慌张地说："苏总，有件事情可能要麻烦你。"

苏慕言不解地看着她，心想，刚刚不是一起回来的吗？能有什么事情？只见徐玲珑指着自己那边说道："我家好像遭贼了。"

一听她说遭贼，苏慕言内心的英雄本质就显现了出来，赶紧跑去查看，看见凌乱的房间，又听见房间里还有声音，立即提高了警惕。

两人小心翼翼地走进去，正好看见柏安德和唐漫在地上抱成一团，你不让我我不让你地在地上激烈地战斗着。

苏慕言无奈地看了徐玲珑一眼，淡漠地说："既然没事，那我就回去了。"

说时迟那时快，就在苏慕言即将走到门边的刹那徐玲珑将他挡住，哀怨至极地说："苏总，你真的忍心让一个女孩子面对这一切？"

"他们闹够了会好的。"苏慕言安慰道。

徐玲珑指着还在地上打着滚的两个人，疑惑地问："你确定他们会有闹够的时候，以现在的情况来看，没个十天半个月恐怕难分胜负吧。"

苏慕言笃定地说："不会的。"

哪知道，苏慕言的话一说完，就看见柏安德坐在唐漫的身上，用手肘压着他的脖子威胁道："你再说一句试试？"

唐漫虽然被压在底下，但是却还是依旧不甘示弱地反驳："长得丑还不准别人说了。"

看到这样的情况，苏慕言只好叹了口气，无奈地走过去，拎住柏安德的衣领就往外拖，也不管勒没勒到柏安德的脖子。

倒是柏安德本来打得就已经够累的了，现在居然还被苏慕言这样拎着，整个人喘不过气来，脸涨得通红。

一见柏安德已经被控制，唐漫就想反击，结果被苏慕言冷冷的一个眼神给瞪了回去。他只能委屈地替自己辩解："是他先说我的。"

完全就是一副小孩子打架被大人抓住后的忏悔模样。

再看看地上嘟着嘴赌气的柏安德，苏慕言淡淡地说了两个字:"丢人。"

本来是说柏安德的句子,却因为没有主语的原因,导致唐漫羞得脸红。

苏慕言只觉得头疼,以目前的情况来看,就好像自己家的小孩把别人家的小孩打了一顿,还顺便把别人家给弄乱了。

唐漫忽然注意到了周围的环境,飞快地爬到徐玲珑那里,抱住她的大腿指着柏安德开始控诉:"徐姐姐,一切都是因为他,你千万不要赶我走,我不能没有这份工作,不然我就只能回家喝凉水了。"

看着唐漫敏捷的反应能力,此刻苏慕言的内心是崩溃的,看吧,别人家的孩子还会先告状。

本来见他们已经不再打架才刚刚松了一口气的徐玲珑,被唐漫忽然来的这一下,吓得使劲踢着腿。

唐漫以为徐玲珑是想要赶自己走,反而抱得更紧。最后徐玲珑实在是忍无可忍了,一脸难看地说:"你先放开我。"

"不放。"唐漫像一头狮子,誓死捍卫着自己的领地。

"我穿着裙子,你这样抱着我,传出去我还怎么嫁人?"

听见徐玲珑这么一说,唐漫才不情不愿地放开徐玲珑,坐在地上整理着自己的仪容,其实也就是将凌乱的头发顺了顺。

终于，作为这里唯一一个看上去比较正常的男人，苏慕言看了看周围凌乱的情况，无奈开口道："先把这里弄干净吧。"

徐玲珑指了指唐漫，示意他马上就去打扫卫生，然后礼貌地对苏慕言说："这怎么好意思麻烦苏总。"

没想到苏慕言完全没有跟徐玲珑客套，在她说话的期间，他就已经挽起袖子，开始动手打扫卫生了。

既然苏慕言都动手了，徐玲珑自然也就不好在一旁站着，于是去房间换了身衣服之后，也加入了清理的队伍。

本来柏安德还满嘴壮志豪言，说既然是自己的错，将徐小姐家弄成了这样，就一定会努力弥补。在他差点弄倒了椅子砸到苏慕言、将扫把弄断、把水泼到地上让唐漫滑到之后，苏慕言只好冷着脸让他回去。本来还想坚持一下的柏安德，在看到大家脸上嫌弃的表情之后，只好识趣地回苏慕言家。

三人折腾了两三个小时之后，终于马马虎虎地将卫生清扫完。这时候，在旁边等了这么久的柏安德一脸委屈地走过来，对苏慕言说："苏苏，我要吃肉。"

苏慕言看了一眼柏安德，又看了一眼地上那些需要清理的东西，有些纠结。

徐玲珑倒是反应迅速，笑着对苏慕言说："那些东西就不麻烦苏总了，反正我新招来的清洁工挺喜欢洗东西的。"

说着指了指唐漫。

　　苏慕言看了看刚打扫干净的屋子以及瘫倒在地上的唐漫，淡淡地说："晚饭就在我那边吃吧。"说完就不带走一片云彩潇洒地离开。

　　看着苏慕言已经回到家里之后，徐玲珑才回过神来，问道："刚刚苏总是不是邀请我过去吃饭了？"

　　唐漫从地上爬起来，说了一句："是我们。"之后，走进洗手间去整理仪容。

　　徐玲珑哪里顾得上理会唐漫的话，直接拿出了百米赛跑的速度回到房间，将房门"啪"的一声关上之后，开始换衣服。

　　至于唐漫他拿着徐玲珑的梳子，梳着自己完全凌乱的头发，碎碎念道："都是柏安德，让我在苏慕言学长面前颜面尽失……"样子很是诡异。

7. 忽然变回一只豹子

　　在苏慕言将饭菜准备得差不多的时候，徐玲珑和唐漫也收拾得差不多了，只是他们一进去，就看见柏安德围着一条浴巾从浴室里走出来。

　　徐玲珑顿时愣在那里，从厨房里看到这一切的苏慕言觉得自己的脸被柏安德丢光了，轻咳一声，让他赶紧回房间把衣服穿上。

在饭桌旁坐下之前，唐漫还特意借着手机屏幕看了看自己的形象，这一小动作被柏安德看到后，差点忍不住又说他像个女人。

本来应该是可以在平静中度过的美食时间，没想到的是，在这种欢愉的情况下，柏安德居然变成了一只豹子。

吓得苏慕言出了一身冷汗，赶紧看了看唐漫和徐玲珑，可能是下午打扫卫生太累了，两人完全沉浸在了美食的怀抱中，根本不受外界的干扰。

趁着这个机会，苏慕言立即提醒柏安德，让他赶紧回房间去，毕竟让人知道自己家里养着一只豹子，并不是什么好事，而且还有可能被有关部门调查。

面对着肉的柏安德显然并没有理解苏慕言的意思，毕竟自从上次变成豹子之后，已经好久没有发生过这种事情了。

这时候，唐漫眼见着就要抬起头来，没办法，苏慕言只好眼疾手快地帮唐漫夹了点东西放在他碗里："你隔得比较远，我帮你夹。"

唐漫看着碗里的菜，心想，这个菜明明就在自己眼前，不过既然苏慕言学长都这么说了自己总不好说什么吧，只好满心接受。

　　眼见着徐玲珑就要吃完了,苏慕言又迅速夹了好大一筷子白菜放在徐玲珑碗里,面色淡定地说:"女孩子需要多吃点蔬菜。"
　　果然,这样苏慕言便吸引了所有人的目光,这刚好给坐在他对面的柏安德空出了时间。
　　显然柏安德并没有及时地感应到苏慕言的提醒,心里还在鄙视苏慕言,原来他也这么虚伪,明明刚才夹的两个菜都是他们吃得最少的,却完全没有理解苏慕言的一片苦心。
　　这样想着,柏安德正打算夹菜,结果发现自己根本拿不起筷子,这时候,柏安德才反应过来自己变成了一只豹子。
　　看了看给自己使眼色的苏慕言,只一瞬间,柏安德就已经消失在了饭桌上,顺便打翻了唐漫的碗。
　　等唐漫反应过来的时候,柏安德已经回到了房间,只听房门"嘭"的一声关上,也将唐漫愤懑不满的怒吼关在了外面。
　　看着那扇门关上,苏慕言才微微舒了一口气。

　　此刻,唐漫只觉得柏安德的出现就是来克自己的:给他煮个面,就把徐玲珑家淹了;和他说个话,还能打一架;现如今自己吃个饭,他还能把自己的碗给掀了。
　　重点是,碗里面还有苏慕言学长夹的菜,摆明就是嫉妒自己。

要不是他早早地将房门关上，估计这件事情就不是唐漫坐在饭桌上怒吼一句就能结束的了。

苏慕言看了一眼唐漫，将纸巾递到唐漫面前，淡淡地说："你头发上有菜。"毕竟是自己邀请他过来吃饭的，说到底以现在的形势来看，柏安德也算是自己的人。

唐漫这才发现自己额头上挂着一棵白菜，咬牙切齿地说："柏安德，我跟你势不两立，此仇不报，我誓不为人。"

柏安德的房间闷闷地传出一句："我们是好朋友，需要互相帮助。"

听到柏安德这么说，唐漫看着苏慕言，问道："柏安德是不是在针对我？"

苏慕言冷冷地说："他只是脑子不好。"

既然苏慕言都这么说了，唐漫自然不好说什么，将碗推到一边，对苏慕言说："学长，我吃饱了，谢谢你的招待。"

这时候，坐在唐漫对面的徐玲珑，不确定地问苏慕言："我刚刚是不是看见什么东西了？"

苏慕言立即紧张起来，连忙问道："你看到什么了？"

"好像有一个带毛的东西，唰的一下就不见了。"

苏慕言脑筋迅速运转，然后言之凿凿地说："你看错了，那个带毛的东西是柏安德衣服上的毛。"

  本来徐玲珑也只是以为自己眼花了,既然苏慕言都这么说了,她自然也就没有再怀疑,跟苏慕言道了别之后就离开了。

  出门后,徐玲珑还是觉得哪里好像不对,不确定地问唐漫:"你刚刚看见了带毛的东西吗?"

  唐漫还在为柏安德打翻了学长夹过来的菜而生气,徐玲珑一问,自然语气相当不好:"我只看见我的碗被柏安德打翻了。"

  说完头也不回地走进了电梯,留下徐玲珑想了半天也没有头绪只得悻悻地回去。

— 三人小剧场 —

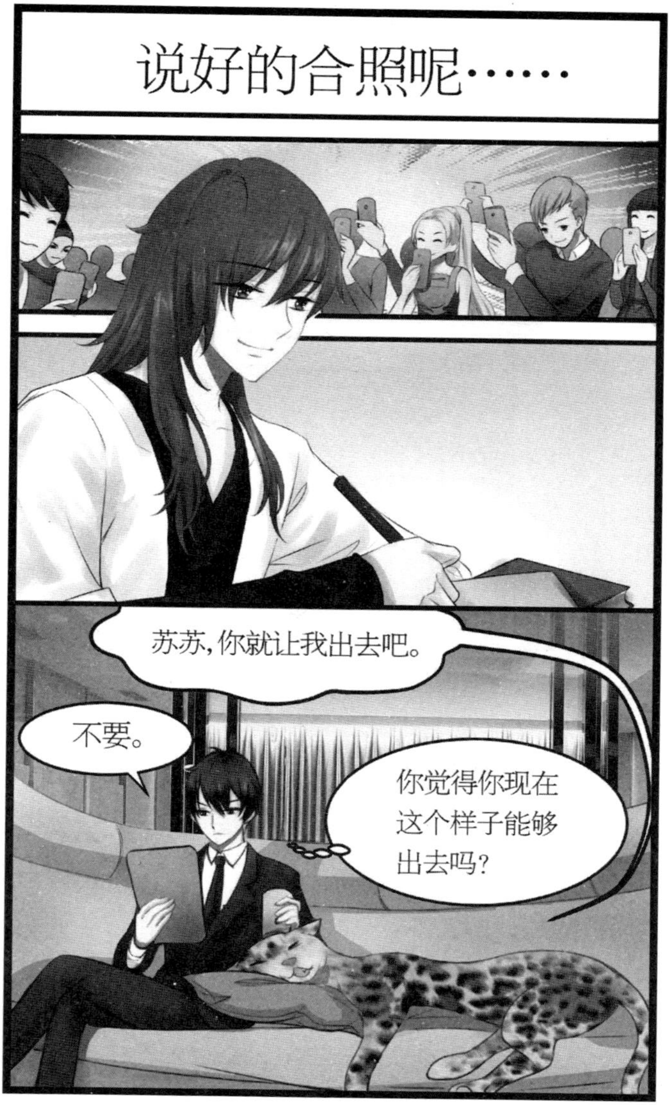

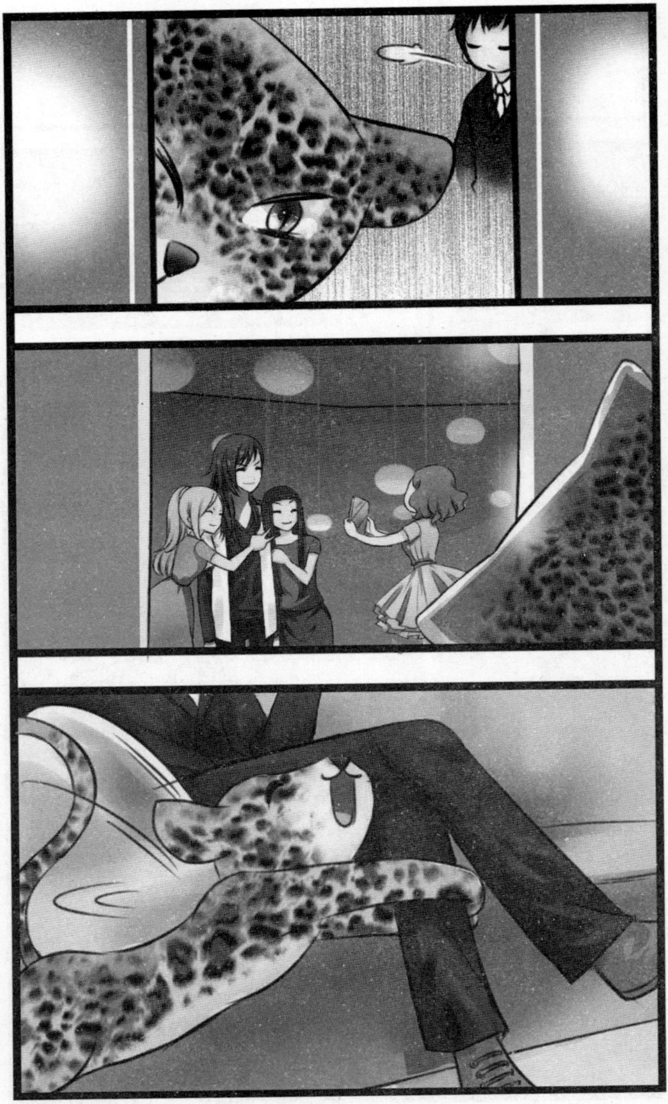

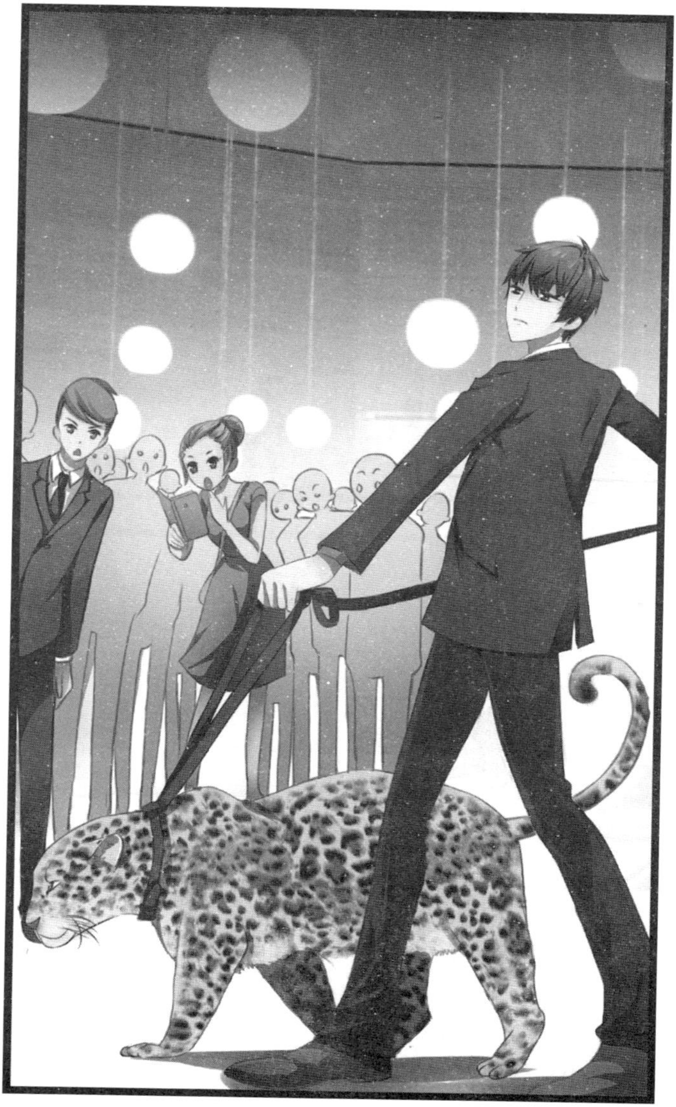

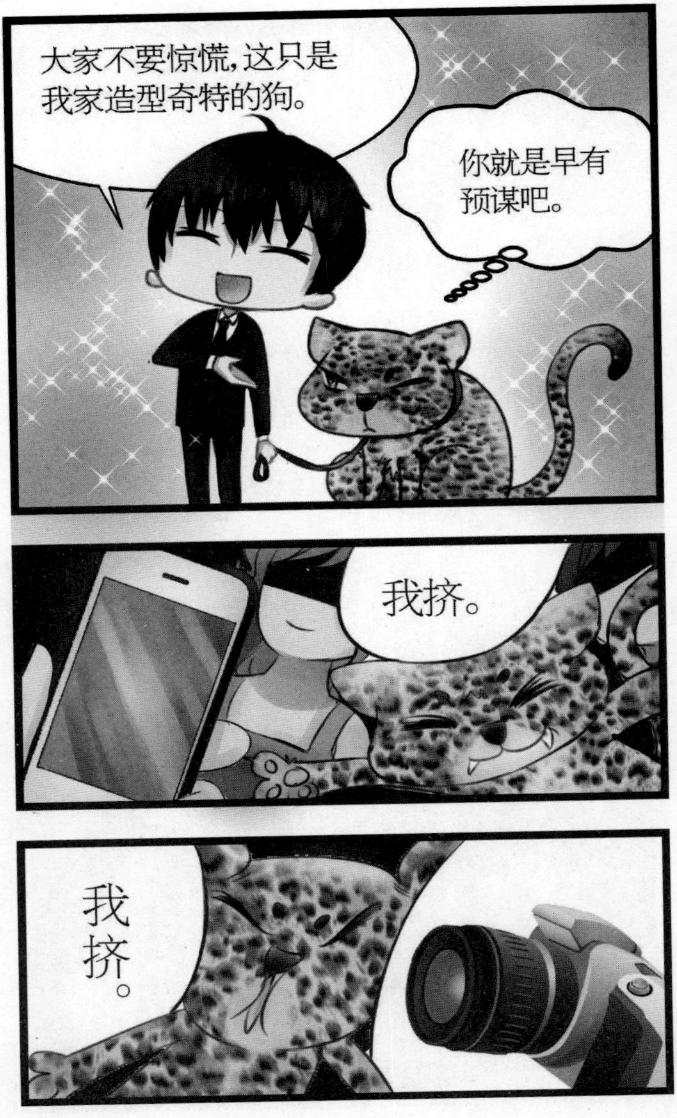
大家不要惊慌，这只是
我家造型奇特的狗。
你就是早有
预谋吧。
我挤。
我挤。

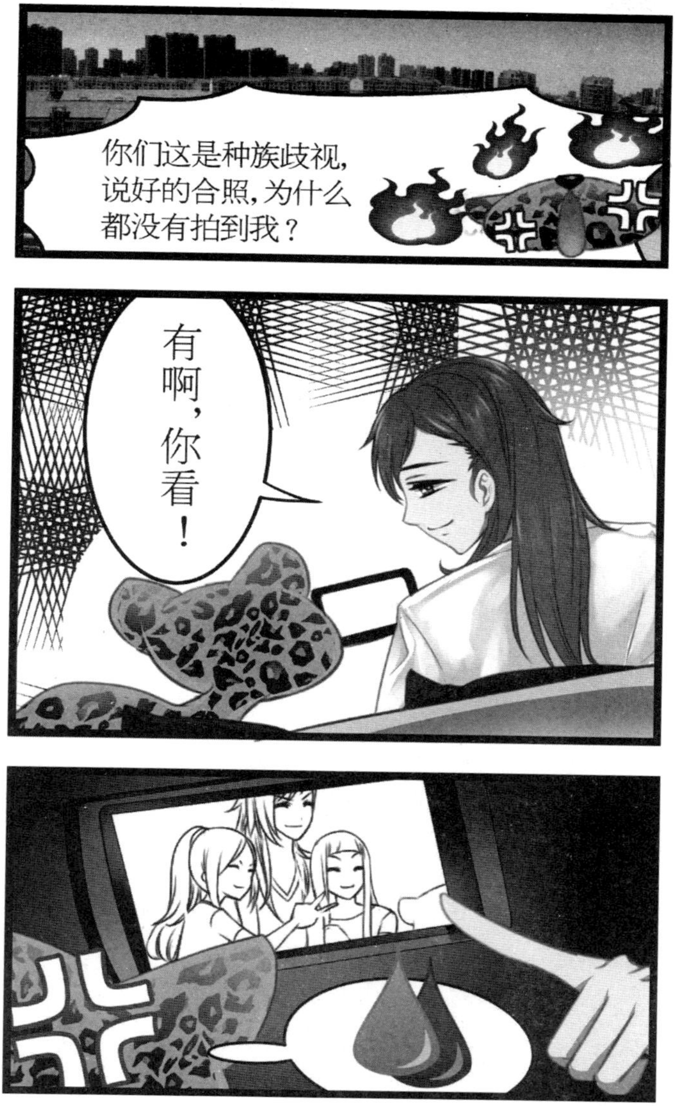
你们这是种族歧视，说好的合照，为什么都没有拍到我？
有啊，你看！

TAMEN
YUBAO

——— **第四章** ———
唐漫重新回到《WOW》

1. 官博底下的纷争

前段时间刚收上来一批调查表，因为苏慕言的直接推荐，加上利用微信、微博等网络传播手段，柏安德的作品渐渐被大家知道，而且，也渐渐地受大家喜欢。

那天苏慕言问底下的员工，有没有在公司的官方微博上为这一期的《WOW》打广告，却没想到大家根本不记得有这回事情。

原来，自苏慕言接手《WOW》以来，一直是任由编辑自己按照喜好和目标安排工作，除了规定时间内完成工作量，别的事情大多不会有很多的限制。本来以为这样可以调动大家的积极性，只是没想到这样就没有几个人为一些公共的事情而浪费时间了，其实就是苏慕言自己不玩微博，忘了这茬。

现在，苏慕言也不好对着剩下不到六个人的杂志社发脾气了，毕竟当初前任离开的时候，也带走了社里不少精英。

苏慕言只好无奈地问他们要来微博的账号，自己做宣传的事情，让他们加班加点高质量地把手头上的事情做好。

于是，苏慕言又开始了人生的第二次商业宣传，当然这次他用的不再是自己的微博账号。

只见他刚刚发表完一条微博，就看见底下昵称为"漫漫陪你走"的账号这样评论道："这一期有些遗憾，居然没有看到'wuli漫漫'的作品。"

这句话发出去没有多久就又有人回复道："唐漫这么丑的画你也喜欢，难道楼上的是和唐漫一样没有品位吗？"

紧接着，一场微博之战开始了。

鉴于要在办公室保持老板该有的风范，苏慕言看了看外面的几个员工，一番抉择之后，将徐玲珑叫了进来，让她坐在自己的座位上。

徐玲珑当时还在想，苏慕言叫她进来难道是自己的设计出了问题，没想到苏慕言居然将她推到了自己的座位上。莫非苏总也想甩手走人,将这个烂摊子留给自己。

只听到苏慕言冷冷地说:"官微底下有点乱,你解决一下。"

徐玲珑看了看微博下的评论,疑惑地问:"苏总是想让他们继续吵,还是希望他们停下来?"

苏慕言显然没有想到徐玲珑会这么说,轻咳一声之后,强装淡定地回答:"随你喜欢。"

结果,经过徐玲珑的几经折腾之后,居然吵得更厉害了。苏慕言看着徐玲珑在键盘上飞舞的手指,以及脸上享受的表情,叹了口气,坐在一旁继续做着自己的事情。

徐玲珑解决完毕后,恭敬地对苏慕言说:"苏总,解决了。"

苏慕言淡淡地抬了抬头,淡淡地回了一个字:"嗯。"

过了会儿,苏慕言抬起头,发现徐玲珑居然还站在自己面前,随口补充道:"以后官微就由你负责,关于设计方面,遇到困难我会帮你。"

一听苏慕言让自己玩官微,而且还帮自己做设计,徐玲珑高兴得就差没有过去拥抱一下他,以表感谢了。

但是现在,徐玲珑还有另一件事情需要说明,只见她吞吞吐吐地说:"苏总,我还有件事情要汇报。"

"说吧。"

说话间,苏慕言已经回到了先前的座位上,点开网页,看到官微最新发的一条微博之后，不等徐玲珑说话，他就淡淡地说了一句："你可以走了。"

一句话吓得徐玲珑当时就跪了，趴在地上连连哀求，倒是把苏慕言震惊了一下，前些日子被抱大腿已经很难接受了，现在居然……

苏慕言皱着眉头，不解地问："你工作真的有这么累吗？"

"啊？"徐玲珑疑惑道。

"我只是让你出去工作，你求我饶命干吗？"

"苏总，你刚刚的意思难道不是想要开除我吗？"一听苏慕言让自己工作，徐玲珑立即激动地站起来，整理了一下发型，顺便扯了扯衣服。

"没有。"

徐玲珑有些不敢相信，惊讶地问："你难道就不怪我擅作主张让唐漫回来画画？"

说话期间苏慕言看了看电脑，淡淡地说："既然他们的争议这么大，那就干脆让唐漫回来。"

一听苏慕言赞同自己的做法，徐玲珑高兴得差点就想高呼"苏总万岁"，但还来不及做，就听见苏慕言又冷冷地抛出一句："以后做这种决定之前，请先告诉我。"

吓得徐玲珑连连点头，赶紧灰溜溜地逃了出去，生怕苏慕言说出什么让自己无法承受的事实。

　　关于老板说的半年的时间限制，苏慕言并没有告诉大家，为的就是安定军心。虽然有了柏安德的加入，《WOW》漫画确实有了一些起色，但是远远还达不到老板的要求。
　　也只能用这样的手段来进行宣传和造势了。

2. 唐漫重新回到《WOW》

　　在徐玲珑走后，苏慕言看着官博，心想，这个徐玲珑虽然平时工作并不积极，做这种事情倒是很积极呢。
　　这样想着，苏慕言拿起桌上的杯子出去接水，却刚好看到徐玲珑在茶水间那儿打电话，作为一个开明的老板自然不会在乎这些小细节，于是毫不在意地走了过去。
　　结果却听到徐玲珑在那儿说："你相信姐姐，已经帮你办好了。苏总已经承诺会让你出来画画，还请你以后不要再每天都来烦我了……"
　　原来，自从唐漫来到徐玲珑家之后，每天的工作除了打扫卫生做好本职的清洁工作之外，还有一项必修课就是求徐玲珑帮忙，让自己重新回到漫画界。
　　就算徐玲珑再铁石心肠，但是每天都有人在身边哀怨又彷徨地说着一些感人肺腑的话，总是会心软的。

于是，徐玲珑自我催眠地想，他都天天在叫自己徐姐姐了，自己总不能就这么置之不理吧？而且让一个有漫画家理想的人天天帮自己擦地板确实也挺打击他的。

但是，自己贸然地在苏慕言面前帮唐漫说好话，显然也不是什么明智之举。

所以，在苏慕言要走了官微之后，徐玲珑就以最快速度点开微博，果然苏慕言已经在官微底下做了宣传。

徐玲珑立即致电唐漫，让他在底下评论没有看到自己的作品表示遗憾。

关于上次调查反馈的事情，徐玲珑也是后面才知道的，当时的情况是，没有人提及唐漫的作品，至于其他人的不过都是批评，但是苏慕言认为被批评至少有人在看，而唐漫的画连一点关注都没有。

于是，根据上次的经验，徐玲珑觉得要唤起大家对唐漫的关注度，可自己又不能违心地夸唐漫，就只能让唐漫自己来。

没想到唐漫果然不负众望，成功地撩起了一场战争，当然苏慕言不知道的是，在底下说唐漫画得丑的微博账号其实是徐玲珑的小马甲。

正当徐玲珑在那儿说得兴致勃勃的时候,转过头就看见苏慕言正站在自己身后,吓得她差点连手中的电话都掉到了地上,连忙将手机往兜里一揣,惶恐地问道:"苏总是什么时候来的啊?"

苏慕言绕过她去接水,完全无视了她的问题。

此刻徐玲珑只好在心里拜着上帝,心想,千万不要让苏总知道这一切都是自己做的啊。

看着苏慕言接完水后准备离开的身影,徐玲珑终于长舒一口气,但是没想到,那口气还没有呼完,就看见苏慕言猛地回头,盯着她看了半天之后,淡淡地说了一句:"让唐漫把微博名字换一下,太明显。"

徐玲珑一口气压在喉咙里,差点休克了过去,只能勉强地笑着点头。

此刻,徐玲珑真想把唐漫给掐死,真给自己丢脸。

下午的时候,苏慕言将曾经负责联系唐漫的编辑叫进办公室,让他通知唐漫,可以继续画画了,但是记得提醒唐漫用心一点,不要画那么丑。

起先那个编辑还以为是自己听错了,毕竟上次明明是苏慕言亲口说让唐漫的画下架的。

他只好不确定地问:"可是没有空余的版面,怎么办?"

苏慕言拿着之前的一期《WOW》看了看，然后十分随便地说："柏安德的放在最前面，紧接着是唐漫，其他的你就自己看心情。"

那编辑不可置信地看着苏慕言，刚刚苏慕言完全不像是在开玩笑，因为全程苏慕言都没有笑过，表情极为认真。

"苏总，你确定要……"

还不等那人说完，苏慕言就极为冷淡地打断道："决定好了告诉我，我去说。"

本来还想问苏慕言是不是说错了，现在看来是没有必要问了。他在心里默哀，一句看心情，让自己怎么看心情，这可都是别人手中的画手，让自己怎么取舍啊？

那编辑出去后立马把大家召集起来，让每人写了张字条放进去，在抓了十遍之后，统计了一个得票数最高的画手交给了苏慕言。

3. 受到迫害的苏慕言家

晚上，苏慕言一回到家，就被柏安德给拦在门口，苏慕言不明所以地看了一眼，将他推到一边自己进去。

毕竟在编辑交下架画手名单上来的时候，他当时就怔住了。不知道他们为什么选了这个人，那人简直就是所有画手中最难搞的一个。

曾经因为编辑觉得他有张图画得不是很好，就在排版的时候顺便帮他修了一下，结果对方看到样刊之后，直接打电话过来，说杂志社不尊重原作者。

后来有一次编辑忘记了催稿，结果他一个电话打到苏慕言那里说编辑不在乎他，杂志社不在乎他。

甚至连编辑回复得简短了，他说编辑高冷；回答得太多，又说编辑啰唆。

苏慕言看了看之后，果断地觉得，他们一定是受够了，所以一听是自己出面，就立即把他交了上来。

这导致苏慕言下午整整和他聊了三个小时之后，对方还是在说一定要告他们杂志社没有信誉。到最后，苏慕言忍无可忍地说了句"那你就去吧"，然后愤怒地挂了电话。

没想到，推开柏安德后，他没走几步就又被柏安德追上来拦在了门口，只见柏安德脸上写满了不高兴。

苏慕言不耐烦地问："你要干什么，不是帮你做好了肉吗？"

他不知道柏安德现在在乎的根本不是吃不吃肉的问题，因为就在今天下午，他又和唐漫打了一架，现在房间相当凌乱，要是让苏慕言见到恐怕……

于是柏安德打算先发制人。

事情是这样的。

当时,柏安德刚刚热好了苏慕言替他准备的肉正准备吃呢,唐漫就过来敲门。

虽然两人上次打了一架,已经很久没有聊天,但柏安德以为唐漫是来找自己认错的,便迅速帮他开了门。

本来以为等到的会是一句"对不起",结果,"对不起"没有等到,倒是等到唐漫举着手机在自己面前趾高气扬地说:"看吧,苏慕言学长已经让我重新回到《WOW》了。"

柏安德不可置信地抢过唐漫手中的手机,翻了翻底下的评论之后,说道:"那个说你东西好的人是不是脑子不好,那么丑也喜欢。"

听到柏安德这么说自己,唐漫当然要帮自己辩解:"那又怎样,苏慕言还是让我继续画画了呀。"说着探过头去,发现柏安德现在在看的东西完全不是自己想要给他看的。

于是他赶紧将手机拿了回来,捣腾了一下之后又将手机递给柏安德:"我想给你看的不是那个,那个没有什么重要的,重要的是——这个。"

唐漫用手指了指《WOW》官微上最新的微博给柏安德看。

柏安德看了看那条微博,又确认了一遍自己没有看错之后，不可置信地说："什么，苏苏居然真的让你重新回到《WOW》？他脑子是不是在上次连着隔壁家一起进水了？"

唐漫嘚瑟道："那是苏慕言学长有眼光，能够看到我最本质的潜力。"

"你画成那样，居然还好意思说有潜力？天哪，这么丑的东西居然要和我的画放在一本杂志里，这简直就是对我的侮辱，对我作品的侮辱。我要去找苏苏！"柏安德越说越激动，居然直接将唐漫的手机往地上一丢。

看着柏安德特别果断地将手机砸出的那一刹那，唐漫的内心是崩溃的，即便他已经以迅雷不及掩耳之势冲了出去，但还是不能挽救这场惨案，只能眼睁睁地看着手机在自己面前分崩离析。

唐漫气愤地爬起来，毫无征兆地扑过去掐住柏安德的脖子："你辱骂我的作品我都可以不计较，你居然对我的手机下手，你还我手机！"

柏安德被掐得半死，只好告饶："不就是一部手机嘛，我帮你修好就是了。"

"你会修手机？"语气里充满了质疑，夹着一点点欣喜。

趁着唐漫分神的空当，柏安德迅速从唐漫手里挣脱，坐在一旁干咳道："不就是一部手机嘛，有什么难的。"

唐漫立即将手机的各个零件捡起来，半信半疑地递到柏安德面前。

柏安德看了看之后，一脸淡定地问道："这还是我修的第一部手机呢，应该纪念一下。"说着拿出苏慕言给他买的手机，准备拍照。

唐漫这才反应过来柏安德根本就不会修手机，立即扑过去打算继续威胁。这次柏安德有了防备，当然没有让他得逞，站得老远，嘚瑟地说："喊，你追不上我。"

这赤裸裸的挑衅唐漫怎么可能容忍，发疯了似的追过去，结果又被柏安德给躲过了。唐漫忍无可忍地拿着自己的手机朝柏安德砸过去。

就这样本来还可以拯救的手机，现在是彻底报废了。

经过长达半个小时的追逐战，唐漫成功地将苏慕言的房间弄得比上次徐玲珑家还乱，就连苏慕言平时喝茶用的杯子也支离破碎地摆在了地上。

最后，唐漫看到站得老远的柏安德，又看了看房间的四周，逃也似的离开，果断地将徐玲珑那边的门窗全部都关好，大声地对柏安德说了一句："我觉得你现在还是好好地整理一下房间比较重要。"

柏安德这才反应过来，看了看凌乱的房间，瞬间连崩溃的心都有了，立即想将唐漫拉回来，却发现已经晚了，因为对方已经将门窗都锁死了。

站在对面的阳台上,唐漫透过玻璃,得意地对柏安德说了一句:"你就算厉害到上天,不还是输给了我!"

4. 逼迫柏安德教唐漫画画

趁着苏慕言还没有看到房间之时,柏安德装出一副很气愤的样子说:"你为什么让我的作品和唐漫的一起出现在一本杂志上?这是对我的一种打击和侮辱你知道吗?"

看着眼前的柏安德,苏慕言实在是不忍心说出什么严厉的话来,只好冷漠地安慰道:"这个星期给你加两斤肉。"

一听可以加肉,柏安德立即眼睛发光,但只是稍纵即逝,立即又恢复生气地说:"别以为两斤肉就可以打发我,我的人格、我的作品难道就只值两斤肉吗?"

苏慕言只好再次加码:"那这一个月,每个星期都加两斤。"

"这还差不多。"一听这个月都有着落了,柏安德立即满足,连蹦带跳地转身朝房间走,所谓乐极生悲就是柏安德的现状。

他一转头看见房间之后,瞬间愣住,反应迅速地想要回去阻止苏慕言前进的脚步,本来打算用这件事情作为要挟,可是都怪自己被两斤肉就收买了。

显然已经来不及阻止这一切了，因为苏慕言的目光已经穿过柏安德，完完全全地看见了凌乱的房间。

只见苏慕言面色一沉，不轻不重地说了一句："你这个星期的肉减半吧，饿的话我给你买十几斤白菜，自己慢慢啃。"

这句话听在柏安德耳中却异常沉重，要知道，让他不吃肉简直就是让他去死。

柏安德本能地想去抱大腿，却被苏慕言冷冷地给打了回来，只能低着头，委屈地跟在苏慕言的身后。

当苏慕言看见自己用了多年的茶杯摔在地上的"尸体"之后，直接对着柏安德说了一句："这个星期的肉都没了。"

一听这个星期的肉都没有了，柏安德再也顾不得苏慕言冷漠的目光，直接抱着苏慕言的大腿开始哭诉："这一切还不都是因为你让唐漫为杂志社画画，他在我面前炫耀，然后我就说了几句，于是我们就发生了战争，最后就是现在这样了。"

苏慕言将沙发上凌乱的东西丢到一边，选了块看上去比较干净的地方坐下去之后，冷漠地问："看来不能让唐漫和你有来往，你已经学会推卸责任了。"

"这都不是重点，你难道不知道你已经做了一件我完全不能原谅的事情吗？你居然让唐漫在我面前嘚瑟，当初你明明说好独宠我一人的。"柏安德顺势在苏慕言旁边坐下，装出一副怨妇的模样控诉着。

"独宠你一人?"苏慕言抓住话里面的漏洞,强调道。

柏安德不耐烦地解释:"反正差不多就是这个意思,你明明知道我和他不在一个层次上,居然……你这是在伤我的心。"

苏慕言淡淡地说:"唐漫需要你的庇佑。"

"虽然不知道庇佑是什么意思,但是不是只要我不愿意,就可以不庇佑是吧?"柏安德连忙问道。

苏慕言想了一下,冷漠地回答道:"不是。"

柏安德生气地将手边的抱枕一丢,气愤地朝房间走去:"我这个月不想画了。"

鉴于不能影响画手的情绪,苏慕言只好让步:"那就还给你一斤肉。"

一听苏慕言松口,柏安德立即讨价还价:"十斤。"

"两斤。"

"十斤。"

"三斤。"

柏安德还想说什么,就听见苏慕言淡淡地说:"那这个月你就不画吧,反正这个月的杂志画稿已经够了。"说完环视了一下房间,"赶快给我把这儿恢复原状。"

见讨不到什么好处,柏安德只能急切地说了一句:"我现在要去画画了。"说完就直接回了房间。

直到苏慕言将客厅整理干净，柏安德才从里面探出头来，小心翼翼地问，"今天晚饭吃什么？"

苏慕言指了指饭桌上，显然不是很高兴："自己看。"

柏安德在看到肉之后，什么怨言都没有了，兴奋地扑到饭桌前开始一天的晚餐。

5. 一见面就掐架的唐柏组合

趁着阳光明媚照人、苏慕言又上班的时间，柏安德搬了张长靠椅放在阳台上，打算美美地晒一下太阳，好好享受一下人生。

但是没想到一出去，还没有躺下，他就看见唐漫坐在隔壁阳台上画画，这个让自己差点失去一个月肉食的人居然好意思在自己面前摆弄这种东西，怀着这样的心情，柏安德将椅子换了个位置，背对着唐漫。

正当柏安德快要入睡的时候，唐漫居然在那边细声感叹道："天哪，这个东西要怎么弄，我不会画这种东西啊，一定要画好，绝对不能让柏安德看不起。"

听到对方提起自己，柏安德瞬间清醒，又听说对方是因为东西画不好，柏安德自然更加来了兴致。

只一瞬间,他就出现在了对面的阳台上,幸好楼层较高,没人注意到,不然恐怕这种行为早晚会被楼下的保安抓走吧,简直分分钟到别人家里一游啊。

因为被柏安德挡住了光,唐漫诧异地抬起头,看到是柏安德之后吓了一跳,慌乱地站起来,险些弄反了画板:"你怎么过来的?"

柏安德悠闲地站在一旁,漫不经心地说:"你这不是废话吗?我这不是听见某人好像不会画什么,就过来看看啊!毕竟苏慕言告诉我,你需要我的庇佑。"

唐漫听说自己需要他的庇佑,立即拿起画板就往柏安德头上砸去,此刻柏安德还在暗自得意,觉得庇佑这个词语听起来好像挺有派头的样子,就被唐漫这么一砸,头上直接肿起了一个大包。

柏安德捂着头上的那个包,气愤地冲过来,直接将唐漫画板上的画纸给撕得稀巴烂。

见自己的画被撕了,唐漫抱起画板奋起直追,但是没想到被柏安德给躲开了,还害得他摔在护栏上,脱手将徐玲珑的画板给掉了下去。

只听"啪"的一声,画板掉到了底下,楼下传来门卫叔叔的怒吼:"哪个兔崽子往楼下丢东西,不知道会砸伤人吗,真是一点教养都没有。"

唐漫气愤地看向罪魁祸首,发现对方早就回到了对面的阳台上,而且正站在那里笑话自己。

来自内心最原始的冲动,唐漫也想冲过去,但是还没将腿放上栏杆就吓得直打战,最后只能动作缓慢地退了回去。

晚上苏慕言回家,看见唐漫蹲在自己门外,被吓了一跳,纳闷地问道:"你蹲在我家门口干什么?"

"苏慕言学长,你回来了。"见苏慕言回来,唐漫立即站起来。

苏慕言没有停下手中开门的动作,随意地问:"你找我?"

"是这样的,今天下午我在徐姐姐的阳台上画画,结果柏安德突然过来,把我的画撕了不说,居然还把徐姐姐的画板给弄到了楼下。"唐漫点了点头,义愤填膺地诉说着。

原来是来告状的。

听唐漫这么一说,苏慕言立即想到刚刚自己进来的时候,楼下贴了一个告示,说让大家注意爱护公共环境,不要往楼下丢东西,原来说的就是他们啊。

苏慕言叹了口气:"我以后会让柏安德不去打扰你的。"

他把门打开,却发现唐漫还站在那里不动,不解地问:"你还有什么事吗?"

唐漫像是有什么难言之隐，吞吞吐吐地说："那……画板……"

"我去买。"说完直接进去，把门一关，将唐漫的那声"谢谢"也拦在了门外。

6. 被肉所控制的柏安德

回到房间，苏慕言发现柏安德居然大大咧咧地躺在沙发上看动画片，瞬间恼火，想着自己辛辛苦苦在外面挣钱养家，他倒好，成天给自己闯祸。

这样想着，苏慕言又感觉哪里不对，想了一下，懒得管，也就作罢，现在他只想痛斥柏安德。

"听说你今天又去隔壁了？"

"没有。"听见苏慕言这么问，柏安德立即否认，要知道就在几天前，苏慕言才刚刚说了不让他和唐漫再有来往。他要是知道自己不但去了对面，而且还把唐漫的画给撕了，恐怕以后三个月的肉都没有了。

果然，只听见苏慕言冷冷地说了一句："接下来三个月的肉都减半。"

"为什么？"

苏慕言冷哼一声："别人都站在门口来告状了，你还有脸在那儿狡辩,连告状都不会,我还养你干什么?"

柏安德得知苏慕言已经知道今天下午的事,心里相当气愤唐漫的行为,只好委屈地撩起头发,将头上的大包凑到苏慕言面前:"你看,是我先被打的,我那只是反抗。"

"反抗就可以撕他的画吗?"

提起他的画,柏安德就来劲了,相当不屑地说道:"他的画那么丑,那种画放在《WOW》简直是对我的侮辱,以后谁还会相信我的实力?既然用不了就只能毁掉啊,看着会难受的,我这是在帮他。"

听到柏安德这么说,苏慕言幽幽地补充道:"原来你也是这么想的,我正好也打算让你好好教教他。"

"什么?"柏安德显然被吓了一跳。

"就这么决定了。"说完,起身回了房间。

在那之后,除了每天画苏慕言规定的那些画,柏安德还有了另一个任务,就是教唐漫画画。即便他的内心是抗拒的,但是面对苏慕言用肉作为威胁,他也不得不屈服。

交稿的时候,苏慕言看到唐漫的画,都有些意外,如果说唐漫之前是暴走漫画的话,现在基本看得出来画的到底是人还是动物了。

对于这一进步，苏慕言相当高兴，一回家就直接给柏安德加了餐。吃饭的时候还夸奖了柏安德教导有方，不枉费他白养了这么久。

看着那满满一碗的肉，想了想这些天看着唐漫那些伤视觉神经的画，柏安德笑着问道："这样看来，是不是我就不用再教他了呀！"

苏慕言看了眼柏安德，淡淡地说："你觉得他现在的水平够出来混了吗？"

柏安德不以为意道："你不是早就让他出来混了吗？"转念想了想，又觉得好像不够详细，一脸真诚地补充了一句，"和我的比的话，我知道差距自然是很大的，但是至少也小学毕业了。"

"你觉得小学毕业我会满意？"苏慕言反问。

柏安德满不在乎地说："差不多就可以了，我很累的。"

"那你们居然还有时间出去玩。"苏慕言一句话就把柏安德打入谷底。

因为，唐漫经常犯懒不想画画，就想尽各种办法贿赂柏安德，比如时不时带牛肉干给柏安德或者时不时带着柏安德出去遛弯，重点是柏安德每次都会被吸引去。

本来这是很隐蔽的一件事，却没想到这么快就被苏慕言发现了。

听苏慕言这么一说柏安德立即辩解:"苏苏,你是不知道我有多苦,再这样下去,我怕下个月我的画也变成他那样的。"

苏慕言给自己盛了一碗汤,淡淡地说:"你们需要共同进步。"

"你觉得我的画还要依靠唐漫来进步?"柏安德相当不屑地问。

苏慕言想了想,真诚地说:"你需要学习唐漫内容上的天马行空,在读者那里很受欢迎。"

柏安德相当嫌弃:"我为什么要学习他骑着马到处跑啊,读者要是喜欢看马我给他们画一下不就好了吗?"

苏慕言无奈地扶着头,因为柏安德的那句话,差点一口汤呛住了自己,缓了缓才说:"这个就不说了,总之你要好好监督他。"

"那他可以带我出去玩吗?"柏安德满脸期待地问。

"嗯。"

柏安德还以为苏慕言已经同意了,但是没想到苏慕言接着说:"那就不吃肉吧。"

"我发誓以后一定要好好教他,绝无二心。"

苏慕言坦然地接受了柏安德的一番言论,满意道:"嗯,那就好好教他。"

柏安德真想掐死自己,早知道就不跟着唐漫出去玩了,害得自己被苏慕言说,又暗自庆幸苏慕言没有扣他的肉。

──── 第五章 ────
为了苏苏，唐柏打架

1. 帮柏安德申请了一个微博账号

最新一期的《WOW》一下印厂，徐玲珑就照着苏慕言的吩咐立即做了宣传。

没想到微博一发出，就有好多人猜测柏安德到底是个什么样子的人物，长得怎么样。

一些幻想型的读者猜测柏安德一定是一个帅哥，就像他的漫画一样，但又有些人说柏安德可能是一个美少女。

当然，还有就是唐漫这种的，一看到这样的评论，对柏安德有深深怨气的他直接来了一句：柏安德就是世界上最丑的人。

这话一出来瞬间被大家集体攻击，即便是这样，唐漫还是顽强地说了一句：才华和长相都是成反比的。

当徐玲珑拿着这个去给苏慕言看的时候，苏慕言只是冷淡地表示自己知道了，然后就没有了下文。

徐玲珑只好秉持着观战的态度，在一旁看着唐漫用自己的微博小号在那儿和大家撕战。

下班后，苏慕言回到家，看了看正在沙发上吃着牛肉干的柏安德，坐在他旁边像是做了一个很重要的决定。

"你去申请一个微博账号吧。"苏慕言说得很认真。

柏安德看着苏慕言，脑子里回放了一遍他刚才的话，完全没有听懂，疑惑地问道："微博账号是什么？能吃吗？有这个肉好吃吗？"

苏慕言看着柏安德，疑惑他明明连《甄嬛传》都知道，怎么会不知道微博？其实柏安德没有告诉他，自己没有看过《甄嬛传》，只是在来他家的路上听别人说过，就学了一句而已。

见柏安德的表情不像是在骗人，他只好耐心地解释："就是一个传播平台，你可以在里面告诉别人你最近在干什么，也可以说一些话，只要不是过激言论，都是可以的。"想了想觉得好像还差了什么，又补充道："总之就是不能吃。"

完了觉得柏安德可能还是不理解，苏慕言立即掏出手机给柏安德看："就是这个。"

柏安德看了一眼之后，相当嫌弃地拒绝道："不能吃就不要跟我说，说了有什么意义。"

瞧着柏安德这副样子，苏慕言翻出之前的那些评论给柏安德看，认真地替他做着解释："别人说你长得很丑，你需要用一些积极的东西来证明自己，但是可以尽量不露脸让大家看见。"

"那我要用什么证明自己很帅啊？"柏安德不解地问。

被柏安德这么一问，苏慕言也不知道要怎么回答，毕竟他自己也没有经常玩微博，想了想，对柏安德说："你就发吃了什么，看了什么东西，差不多就可以了。"

还不等柏安德回答，苏慕言又接着说道："算了，还是我来做吧，你画画就行。"

柏安德想，那你跟我说这么多有什么用，转头不理苏慕言，继续吃着牛肉干，看着电视。

最新的杂志上市后一个星期，徐玲珑就在网上做了一个调查表，发在官微里。

没想到很快就有很多人来回复，当然更多的人是在发问，因为上一期唐漫的作品下架，而这一期居然直接用柏安德来推，不免让大家猜测两人到底是什么关系。

加上唐漫这一期的作品和上一次相比进步实在太大，有些人甚至在说是不是杂志社请了枪手。最后还是徐玲珑直接出面，说上一期没有唐漫作品是因为他去学习去了，而这一期就是他学习的成果，才圆了这个谎。

至于唐漫和柏安德的关系，徐玲珑自然解释成为，他们两个是因为漫画结缘的，现在是好朋友。

这时候，一些有心的读者发现柏安德居然有了微博，让大家失望的是，里面除了几句早安祝福就只有一些花花草草的照片。

苏慕言当然不会告诉大家，其实那些东西都是他发上去的，还是在不知道要发什么的情况下，随便在路边拍了几张图放上去的。

2. 出现在苏慕言微博上的柏安德的自拍

那天，苏慕言做饭去了，他将手机随意地丢在了客厅里，恰好柏安德在旁边，听见手机有提示信息，就好奇地拿起来看了看，发现是有人在问自己什么时候发自拍照。

一听有人问自己要照片，柏安德立即打开苏慕言的手机，拍了张自拍发了出去。

等苏慕言来看的时候，发现手机上居然有好多条回复，点开一看,大家讨论的都是柏安德。

他划下去一看,发现柏安德居然发了满满的九张自拍,重点是在自己的微博上,上面还写着:你们最想见的人。

吃饭的时候,柏安德看着桌上的菜,不满地说:"为什么没有肉?"

苏慕言淡淡地说:"今天忘记买肉了。"

"我明明看见你提着肉进来的。"柏安德争辩道。

"可我就是不想做,不吃就回去画画,哪来这么多废话。"说完,拿着筷子开始吃饭,完全不理柏安德。

动自己的手机就算了,居然还敢在自己的微博上乱发东西,能让他有吃的就已经是自己宽容了,还妄想吃肉。

终于在吃了三天白菜之后,柏安德忍不住问苏慕言:"为什么不给我吃肉?"

苏慕言完全无视柏安德,依旧自顾自地吃饭。

柏安德忍无可忍地把苏慕言的碗抢过来,愤怒道:"我又没做什么,我明明这么认真地教唐漫了,为什么不给我吃肉?"

"谁让你在我的微博下发自己照片的?"苏慕言眯着眼睛冷冷地说。

柏安德这才想起上次那件事,不解道:"那是你的微博吗?大家不是在问我的事吗?"

原来苏慕言的手机上存着两个账号,因为柏安德不熟悉,在无意识的戳戳点点之下,居然把账号给换了。而他的那些自拍,也就顺理成章地发在了苏慕言的微博上。

苏慕言冷哼一声,夺过自己的碗,不打算和柏安德讨论这种没有技术含量的问题。

柏安德锲而不舍地问道:"那现在是不是大家都觉得那是你的照片?天哪,白瞎了我辛辛苦苦地照了半个小时才选出的那几张最帅的照片,居然全让你给用了。"

"你画画要是有这个态度就好了。"

"先不说画画的事,你说到底要怎么样你才肯给我肉吃?"柏安德生气地将碗筷往桌上一丢,质问道。

"你先画画。"

"万恶的资本家,你什么时候能够不这么压榨我,逼着我画画,又逼着我教唐漫,你就只会欺负我!"柏安德一脸委屈地控诉着。

没想到苏慕言完全不在意,吃饱喝足之后,淡淡地回了柏安德一句:"是你求着要住我家里的。"

柏安德这才想起,自己来这里是有事情要办的,居然忙得忘记了。

本来苏慕言也没有太过关心照片这件事,但是没想到,几天后就开始有人在猜测，柏安德和他是不是住在一起，问两人到底是什么关系。

就在这时候，一张柏安德和苏慕言牵手的照片出现在了网上。

当天下午，苏慕言刚好放假在家里休息，哪知道徐玲珑穿着睡衣就直接过来敲自家的门，脸上写满了：我有急事。

一进来徐玲珑就用他的电脑找到了那张照片，其实当时拍照片的那个人只是一个腐女，看到街上有两个帅哥牵手自然就拍了下来，发了微博。

但是柏安德的自拍一发上去，好事的人立即就找出了这张照片，加以评价。

徐玲珑转头问道："苏总，你和柏安德真的是……"

苏慕言幽幽地反问："你觉得呢？"

天哪，徐玲珑开始在心里想着，莫非苏总和柏安德真的有什么？看着苏慕言阴沉的脸，徐玲珑甚至觉得苏慕言会在下一秒把自己给毁尸灭迹。

这时候，柏安德也起床了，精神爽朗地跟徐玲珑打着招呼："徐小姐今天这么早就来找他，莫非徐小姐喜欢他这个面无表情的家伙？"

不等徐玲珑回答，柏安德就看见了电脑上的照片，立即炸毛，指着那张照片愤怒地说："这是什么时候拍的？"说完转头对苏慕言说道,"苏苏,我就说不要在大街上牵我的手,你看看,我的一世英名都被你毁了。"

苏慕言冷冷地反问:"是谁不顾我的反对一定要去对面买菜的?"

3. 苏慕言和柏安德牵手?

那天,苏慕言下去买菜,柏安德硬要跟着去,在柏安德抱着苏慕言的大腿求了十多分钟之后,苏慕言实在不忍心,才勉强答应带着他下去。

后来到街上时,本来苏慕言可以就在这边买菜的,但是看到柏安德那渴求的眼神,苏慕言不忍,只好答应带着他去对面买。

在过马路的时候,才走几步,柏安德就感觉自己的手被别人牵着,下意识地甩了一下,发现甩不掉,转头一看,竟然是苏慕言牵着自己的手。

当时把柏安德震惊得看了苏慕言半天,皱着眉头疑惑地问道:"苏苏,你对我是不是有什么……"后面的非分之想还没有说出口,就被苏慕言的眼神给吓了回去。

走了几步,柏安德还是觉得太别扭:"苏苏,你看我们这样,是不是有点……"

只听苏慕言冷漠地送了他两个字:"闭嘴。"

可能是因为苏慕言的声音太大,有好几个人都看了过来,柏安德立即在心里祈祷大家都不认识他。要不是苏慕言抓得太紧,要不是在大街上,柏安德发誓他一定不会任由苏慕言这样轻薄自己。

到马路对面,苏慕言迅速地放开他,冷漠地走在前面,留给了柏安德一个宽阔的背影。

柏安德心想,用完自己居然这么干脆地丢掉,真是……却还是快步地跟上苏慕言的步伐。

回去的时候,依旧是如此,柏安德终于明白了什么,眯着眼故作明白地问苏慕言:"你不会是怕过马路吧?"

苏慕言冷哼了一声,没有说话。

见他这样,柏安德确定了自己刚才的猜测,立即嘲笑道:"哈哈哈,原来你居然怕过马路,看不出来,堂堂《WOW》的主编,居然是个胆小鬼。"

苏慕言看了一眼不顾形象的柏安德,冷冷地抛出一句:"今天回去吃白菜。"

柏安德不服气地说:"我怎么知道你会突然牵我的手。"

想到当时的情景,柏安德现在都在后悔,尤其是在这张照片被爆出来之后，现在只想去庙里面拜拜，祈祷那些女读者不要因为这种事情而不喜欢自己。

苏慕言一眼看破了柏安德的心思，不咸不淡地来了一句："就算没有这张照片，也没有几个人会喜欢你。"

眼见着柏安德就要开始和苏慕言争论了，徐玲珑只得从一旁插进去无奈道："现在好像不是追究事情发生原因的时候吧。"

徐玲珑的一句话，弄得苏慕言和柏安德纷纷转头看向她，只听柏安德不解地问："那还有什么事情，难道是要尽快弄清楚粉丝都流向了哪里，再把他们抓回来？"

徐玲珑看了看柏安德，觉得他可能受了刺激，脑子不好了，于是转头对苏慕言解释道："这些是网上的一些评论，现在看来，其实说好不好，说坏不坏，主要是看你要怎么解决，不会真让他们打起来吧。"

"天哪，都是苏苏，谁让你牵我手的，都说了那样不好，你居然……"柏安德完全不顾徐玲珑有没有回答他，一个人在那儿自顾自地吐槽着。

苏慕言看了看徐玲珑指出的地方，瞬间凌乱。
现在小孩子想的都是些什么啊，居然这么……
因为微博下面的评论基本上都是这样的。
——什么，柏安德居然抛弃了唐唐找了我们家小苏苏？

——其实小柏这是战略，套住苏苏，然后去照顾唐唐。

　　苏慕言想着这都是些什么奇怪的脑洞，真是……

　　——楼上的说什么，小柏和wuli唐唐才是真爱，那肯定是苏慕言主动牵的。

　　——别忘了，小柏是在我们家小苏苏的杂志上画画，怎么会喜欢唐漫？帮唐漫推荐作品恐怕只是意思一下吧。

　　看到这儿，苏慕言想，早知道就不应该私自在杂志封面用柏安德的立场推荐唐漫的东西了。

　　——反正我是站柏唐这边的。

　　——苏柏才是真理。

　　苏慕言看着这些评论在心里叹了口气，现在这个情况是怎么回事，虽然是自己主动牵手的，但是完全就不是这么回事啊。

　　看了看还在一旁碎碎念的柏安德，一种满满的劳累感从心底蔓延开来，苏慕言轻叹一口气对徐玲珑说："先采取冷处理，就让他们这么说，如果后面情况不好再想办法吧。"

　　徐玲珑幽幽地问："莫非苏总和柏安德真的……"

　　还没说完就被苏慕言一个眼神给吓了回去，徐玲珑只能吐了吐舌头，作罢。

　　"可是，我们总要站出来说话吧，不能任由他们这样误会你们啊，平时开玩笑还可以，但是你们可是有照片……"徐玲珑认真地解释着现在的情况。

苏慕言想了想，说："我会在微博上说我和柏安德只是合作关系，那个意外是我在帮助柏安德找画漫画的感觉。"

徐玲珑似乎也觉得这样的解释好像还算合理，没再说什么便离开了这里。临走时，她还笑嘻嘻地说了一句："苏总，其实我想问你，要是唐漫真的和柏安德在一起，你会难过吗？"还不等苏慕言回答就马上帮他们把门关上，躲在自己房子里狂笑。

因为她看到苏慕言居然还真的去想了一下。

4. 唐漫为了苏慕言的名誉而战

唐漫知道这件事的时候已经是一个星期后了。

因为，自从苏慕言用肉来威胁柏安德之后，他就对唐漫格外严厉，导致唐漫在这个星期除了吃饭根本没有别的时间休息。

看着柏安德布置的任务，唐漫觉得他一定是在整自己，不然先前那么轻松，现在怎么搞得自己比读书的时候还要忙。

他当然不知道柏安德是为了苏慕言的肉才这么对待他的。

等唐漫忙完，开始娱乐生活，点开微博，便看到一大片和自己有关的言论。

一开始他还暗自窃喜了一下，心想自己终于火了，但是往下看下去，他就觉得不对劲了。先前说他画得不好就算了，现在居然直接说他是靠着柏安德上位。

他想，他这么优秀，有必要靠着谁吗，简直就是对他赤裸裸的侮辱。

不过想了一下又觉得好像自己现在真的在接受着柏安德的帮助，不过这不重要，他这样安慰自己，至少以后他会超过柏安德的。

突然一张照片吸引了他的目光，他看着上面的人，再看了看重点——两个人牵着的手。

天哪，看他们住在一起的时候就怀疑过，没想到现在居然……

想到自己多年来的偶像居然被柏安德给糟蹋了，唐漫越想越觉得来气，于是去苏慕言家门口等着柏安德。

哪知道那天柏安德正想趁着苏慕言不在偷偷溜出去，但是没想到刚刚走出门，就被唐漫给拦住。只看见他满脸怒火地冲过来就问："你说，你到底把苏慕言学长怎么样了？"

"我？把苏苏？你应该问他把我怎么样了，才对。"柏安德被唐漫没头没脑的一问，想到苏慕言平时对自己的恶行，愤愤地说。

唐漫在脑子里想了一下柏安德话里的意思，惊讶地问："所以，你真的和苏慕言学长在一起了，不然你为什么叫他叫得这么亲密？"

一听唐漫这么说，柏安德更加糊涂了，皱着眉头想了一会儿，漫不经心地解释："我们又不是仇人，不亲密还要拔刀相见啊，不过那张照片只是一个意外。"

"所以你们真的牵手了？"唐漫抓住重点地问。

虽然觉得话不能这么说，但是柏安德想了一下好像说的都是现实，想着这件事觉得难以启齿，只好点了点头算是回答。

看见柏安德点头，唐漫立即冲过去将他扑倒，一边打还一边说："我叫你玷污我多年的偶像，你居然把他……"

本来柏安德是想要解释自己和苏慕言真的什么都没有发生，但是还没说出口就直接被唐漫给打了。

被他这么一打，柏安德哪里还顾得上解释这件事，整个人全身心地投入到了这场战争中。

柏安德嘴里愤愤地骂着："唐漫，你能不能好好说话，每次一激动就动手动脚，有没有一点教养了？"

"我怎么样关你什么事，我告诉你，这件事情不会就这么结束的。"

……

两人经过了漫长的体力消耗之后，本来唐漫还想扑过来继续战斗的，却被柏安德站起来的动作给吓了回去，嘴里却依旧不饶人："我就说你怎么会突然就被苏慕言学长找去画漫画了呢，原来是威逼了学长。"

　　柏安德冷哼一声："自己画得那么丑，还好意思说我，我还没说你那样的画都能刊登，是不是跟徐小姐有什么不正当关系呢？不过就你那样，徐小姐估计也不会喜欢。"说完一个人转身进了房间，完全不给唐漫任何反击的机会。

5. 委屈的柏安德

　　苏慕言回来的时候看着躺在沙发上睡觉的柏安德，心里还在纳闷，他什么时候这么安静，居然不看电视了，结果过去一看，他脸上全是青一块紫一块。

　　他在柏安德旁边坐下之后，淡漠地问道："你今天出去了？还被打劫了？"

　　柏安德慢悠悠地睁开眼睛，看到苏慕言又想起今天暴走的唐漫，没有任何欢喜，嫌弃地说："以后不要再和我说话了。"

　　苏慕言诧异地看着柏安德，不相信地问道："和我说话会被打劫？"

　　"会被打。"柏安德愤慨地说。

苏慕言看了看柏安德脸上的伤口，想笑却又觉得自己在这个时候嘲笑他是相当不地道的，只能憋着笑问道："什么时候被打的？"

"今天下午，两点过十分，在那扇门外一米处。"柏安德指着房间的门，幽怨地回答。

苏慕言随口感叹了一句："居然记得这么清楚？"

虽然不想承认今天的失败，但柏安德还是不情不愿地说："因为，我掐着时间出去的，哪知道一出去就遇到这种半途而废。"

苏慕言淡淡地纠正："是天灾人祸。"

柏安德已经不想在乎这些细节，摆了摆手，不耐烦地说："反正都不重要，主要是现在我变成了这样。"

苏慕言看了一眼，对着柏安德眼睛上的青紫，以及脸上的抓痕，忍不住笑着说："到底是谁，下了这么重的手？"

柏安德现在连他的名字都不想念，指着隔壁不说话。

"徐玲珑？不可能啊，她今天应该是在上班的，难道……"

只听柏安德冷哼两声，打断了苏慕言的话，一脸不高兴地说："你想对了，就是他，以后不要在我面前提起他的名字，听着就烦，至于教他画画，你现在就是求着我，也是不可能了，我要和这个人断绝关系。"

"是来往，你们本来就没有什么关系。"苏慕言继续提醒柏安德。

他觉得今天柏安德肯定伤得不轻，不然怎么会连说话都开始犯糊涂了。虽然以前他不会说这么有水平的话，但至少不出错，今天这错也太多了。

苏慕言叹了口气，抛下柏安德开始做饭。在吃饭的时候，柏安德一边吃着饭一边愤慨地数落着今天唐漫的所作所为，愣是让苏慕言了解了当时所有的情况。

最后，苏慕言总结性地发言："所以说，唐漫打你是因为我？"

"具体我也不知道，反正我还没说几句话呢，他就动起手来了。"柏安德越想越觉得自己委屈。

苏慕言想了一下，淡淡地说："以后不要让唐漫来家里，你也最好不要去找他，我觉得他可能不正常。"

"什么？"柏安德停顿了一下，似乎是在理解苏慕言话里的意思，然后接着说，"你是说他脑子不好吗，这个我也看出来了，动不动就打人，我怀疑他得了你们人类说的狂犬病。"

"是躁狂症。"苏慕言无奈地纠正，他觉得今天柏安德说话一直不对劲，三句话说错两句，简直……

柏安德倒是不在意这些细节，摆了摆手，吃掉了最后一块肉，一边起身一边说："反正我也不想看见他，神经病一个。"

6. 打架视频被发在网上

徐玲珑来找苏慕言的时候，是在柏安德和唐漫打架的第二天，苏慕言刚刚到办公室，徐玲珑就敲门进来，一进来就一脸紧张地对苏慕言说："苏总，有件事情我可能要耽误你一点时间，让你先看一看。"

苏慕言皱着眉，然后表扬道："这么早就有工作的热情，不错。"

"不是的，苏总，现在不是表扬的时候，你看看这个。"说着将手机递给了苏慕言。

屏幕上那段视频的场景让苏慕言觉得异常熟悉，再看里面的人，苏慕言更加熟悉，想到昨天晚上柏安德脸上的伤，立即将手机抢过来，一脸认真地看。

随着视频的播放，苏慕言的脸变得越来越阴沉，半天没有说一个字，吓得徐玲珑心怦怦直跳，又不敢率先发言。

最终，苏慕言淡淡地说："这个事情你看怎么处理比较好？"

一听苏慕言在问自己，徐玲珑立即换了个姿势，轻咳一声，开始说道："苏总，事情已经超过了我的预期范围了。加上有之前的那张照片作为前提，这个视频一出来，好像全部证实了大家之前的一些猜想，对你一向公正处理稿子的行为好像有些影响，甚至对我们杂志社收稿的一些信誉也有影响。重要的是，大家都觉得你可能是因为你跟柏安德的感情，才让那谁的作品下架的。"

苏慕言想了一下，对徐玲珑说："你现在先出去工作，晚上下班后直接去我家找我，带上唐漫。"

徐玲珑点头应了一声，然后转身离开，回到座位后立即打电话骂了一遍唐漫，顺便告诉他今天晚上等自己回来后再下班。

唐漫接到电话的时候还有些疑惑，倒也没有多做反驳，反正在徐玲珑这里也没有什么事情忙的，等她回来也没有什么不可以。

只是在徐玲珑带着他去苏慕言家的时候，他就觉得有些奇怪了，重点是以现在徐玲珑的表情来看，好像并不是什么好事。

果然，当苏慕言沉着脸叫他和柏安德去看一个东西的时候，他立即瞪了一眼柏安德，觉得这件事情肯定又是柏安德犯了错。

可是，当他看到他和柏安德打架的那段视频的时候，他心里顿时一凉，怎么会连这种东西都被拍下了呢？

看完后，苏慕言盯着他们俩，淡淡地问道："你们现在好好给我解释一下,这件事情到底是怎么回事,平时打架就算了,可是怎么能够被人拍到?"

柏安德立即解释:"这件事情都是因为唐漫,要不是他冲过来就打我,我怎么会和他动手?我才没有像他这样的野蛮人一样,见人就用动手打招呼呢。"

唐漫也不甘示弱:"那你说,后面是谁打得最凶,重点是,谁让你前面说话的时候让我产生了误解。"

看两人又开始吵,苏慕言咳了一声,冷冷地说:"你们居然还有脸在这里推卸责任。"说着,指着柏安德说,"我让你随便迈出那扇门了吗?"

然后他又指着唐漫:"还有你,我被柏安德怎么样了需要你这么积极地维护吗?"

本来以为苏慕言只说自己,倒是让柏安德难受了一下,但是看见唐漫也被说了,顿时将背又重新直了起来,一听苏慕言说完就幸灾乐祸道:"哈哈哈,好像也不关你的事,就是用来说你这种多管闲事的人。"

哪知道,唐漫根本不在乎柏安德怎么说自己,只是有些委屈地看着苏慕言,过了一会儿才一脸难过地说:"原来我这么关心学长,学长居然一点都不在乎,居然甘心被柏安德玷污,也不愿我为你伸张正义。"

看着唐漫这副难受的样子，三人都有些诧异，半天之后，徐玲珑缓缓问道："你不会真的喜欢苏总吧，平时打扮得和个女的一样，我们也都容忍了，只是，你居然……"

"你不要喜欢我，很恶心。"还不等徐玲珑说完，就被苏慕言冷漠地打断。

唐漫刚瞪完徐玲珑，就被苏慕言接下来的那句话给彻底打击到了，于是他立即举着三根手指对天发誓："苏慕言学长，我发誓，对你除了有着浓浓的崇拜之外，绝对没有别的不良企图，我喜欢的是女的。"

"谁信啊！"

听到有人质疑自己，唐漫立即转头寻找着声音的来源，发现一旁的柏安德正在一边吃着苹果，一脸不屑地看着自己。

唐漫作势又要扑过去打柏安德，被徐玲珑给拉住了。他烦躁地回头想要让徐玲珑别扯着自己，但是却看见徐玲珑示意他看看苏慕言。

只见苏慕言一脸严肃地坐在一旁，阴着脸一句表示都没有，吓得唐漫只能悻悻地坐下，抿着嘴不再说话。

TAMEN
YUBAO
—— 第六章 ——
被迫开始三人同居

1. 成功解决打架视频事件

此刻房间里寂静得只剩下柏安德啃苹果的声音，柏安德皱着眉头看了看他们，不解地问："怎么都不说话了？不就是打了个架吗，又不是什么大事，有必要这么紧张吗？"

这时候，徐玲珑站出来，严肃地说："我想，苏总家可能被人知道了，而且有人在这里蹲点，不然怎么连柏安德一出门和唐漫打一架，都能拍得这么准确无误，我想柏安德自己都不知道一出门就会被唐漫打，怎么会这么巧就被拍到呢？"

一听她说话，柏安德立即指着唐漫说："那个人肯定就是唐漫，因为他肯定知道自己会打我，不然他怎么不听我好好解释一下，就直接过来打我呢，一看就是早有预谋。"

唐漫被柏安德这么指责，当然不甘示弱，直接反驳回去："你以为我想打你啊，你要是说你没有玷污苏慕言学长，我至于这么崩溃吗？"

见两人好像又要开始掐架了，徐玲珑立即从中打断道："你们先听苏总怎么说吧，你们这样动不动就掐起来的习惯能不能改改，现在是在说正事。"

见所有人都把目光放在自己这里，苏慕言缓缓地开口："在我看来，你们现在就直接出面承认，说这不过是一个误会，你们平时就是这么交流感情的。"

苏慕言想，总不能说是因为唐漫误会自己和柏安德有什么所以才这么激动的吧？那不是连带着把自己也弄进这个坑里面了吗，他才不要这么做。

柏安德嫌弃地看了看唐漫，发现唐漫也嫌弃地看着自己，两人皆转头不看对方，然后同时说："不要。"

"这么有默契，那就这么决定了。"苏慕言完全不顾他们的反对。

"我不同意！"两人又是异口同声。

这下连他们都惊讶了，转头看向对方，开口道："不要学我说话。"哪知道这次又是异口同声。

柏安德冷哼一声,不再说话,这下就连唐漫也都闭嘴不愿说话了,生怕下一句又和柏安德说得一样。

这时候,苏慕言在一旁做着总结陈词:"感情这么好,那现在就发在微博上说明一下吧。"说着他用自己的手机点开了柏安德的微博,敲了一行字之后,把手机递给两个人,让他们自拍一下。

两个人都看着面前的手机,却没有一个人伸手去接,片刻后,苏慕言只好收回手机,淡淡地说:"那你们就不用画画了,至于杂志社,就让它自生自灭吧。"

徐玲珑一听任由杂志社自生自灭,立即来了兴致,不理解地问:"苏总说的是什么意思?难道杂志社遇到了什么危机?"

一听不让自己画画,唐漫更加激动,直接抢过苏慕言的手机,讨好似的说:"苏总这是说哪里话,我们哪里会不情愿啊,刚刚不是还没有回过神来嘛!"

说完就立即搭着柏安德的肩,然后开始在那儿旁若无人地自拍着,完全不顾柏安德的表情是多么狰狞。

正当两人因为拍照而在那儿打打闹闹的时候,苏慕言缓缓地说:"上头只给了我半年的时间,要是《WOW》还是现在这个样子，他们可能就会直接让《WOW》停刊。"

徐玲珑听完后脸色大变，虽然她平时工作会偶尔偷个懒，但是到底还是对《WOW》有感情的，一听会停刊，立即情绪激动地问道："这是什么时候的事？为什么我们都没有听说？"

"我让老板不要说的。"苏慕言淡淡地说，脸上的表情有些沉重。

这时候在旁边打闹的两个人也终于停下了手中的动作，先是唐漫惊讶地问道："什么，停刊，我们杂志会停刊？"

"停刊是什么啊，是不是你就没有钱了，然后我就没有肉吃了？"柏安德想了一会儿，郑重地问。

唐漫鄙视了一眼柏安德，然后一脸不屑地说："何止没有肉，我想我们可能都要去大桥底下住着了，然后拿个碗摆在前面，看有没有觉得零钱碍事的顺便赏给我们一点。"

柏安德理解了一下唐漫刚才的那段话，立即暗自发誓自己在猎物族好歹也是有头有脸的人物，绝对不能因为弄丢了那个破吊坠就直接沦为大街上的乞丐。那要是以后被同族看到，肯定会笑话自己成百上千年。

想到这儿，柏安德摇了摇头跟苏慕言说："那现在我们还可以在这里住多久啊？"

苏慕言顿了顿，说："现在还剩下不到三个月的时间。"

一听苏慕言说完,柏安德就开始扳着手指算着自己到底还可以住多久。

倒是唐漫,激动地跪在苏慕言面前,然后信誓旦旦地对苏慕言说:"我发誓从今以后我一定好好地画画,绝不偷懒,只希望苏慕言学长能够保住杂志,保住我们赖以生存的资源。"

苏慕言看了看眼前的人,淡淡地说:"那就好好拍照吧,拍完记得发微博,记住体现你们俩是好朋友。"

说完苏慕言就转身回了厨房,一回来就和他们啰啰唆唆说这么多早就已经累了,不给他们一点点危机感,一个个的一天到晚就会给自己惹事。

见苏慕言离开,徐玲珑赶紧跟着他一起去了厨房,小声地问:"苏总刚才说的是真的?"

苏慕言看了眼她,然后淡淡地说:"让他们有点压力而已。"

见苏慕言说得这么轻巧,徐玲珑心里虽然还是有所怀疑,却又不得不相信,只能点了点头,将信将疑道:"那就好。"顿了一下又接着说,"苏总,如果杂志社真的有什么困难还请你告诉我们,不要一个人撑着,毕竟我们也是《WOW》的一分子。"

"那是肯定的。"说完苏慕言不再理会徐玲珑,自顾自地在厨房做饭,却也不赶她走。

2. 傍晚出现在苏慕言家门口的唐漫

吃饭的时候，几个人都相对沉默，都是在认真地吃着自己碗中的东西。吃到一半的时候，唐漫好像忽然想起什么似的，看了看柏安德，然后极为认真地说："柏安德，我告诉你啊，以后打架的时候不要扯我的头发。"

本来柏安德吃着自己碗中的肉吃得正欢，听到有人提到自己名字立即抬起头来，见是唐漫之后，冷哼一声："那你还挠人呢，好意思说别人，打架和个女人一样，还想要咬我，我不扯你头发那我不就被咬死了，一点素质都没有。"

"我只是觉得你抓我头发的时候，动作好丑而已。"唐漫不屑地说。

柏安德将筷子往碗上一扣，极为认真地说："不知道那段视频里谁比较丑，知道的还清楚我是在和你打架，不知道的还以为我是在和女的打架呢。"

一听柏安德说他像女的，唐漫立即怒火中烧："你说谁像女的？你难道没看自己打架的时候，居然还一个劲地叫别人别动手，明显就是打不过。"

"你又好得到哪儿去，一天到晚除了会动手就没有一点素质的人类。"柏安德不服气地说，完了之后不再理会还想说什么的唐漫,吃完碗里最后的肉,对苏慕言说,"我吃饱了。"然后又笑着对徐玲珑说,"徐小姐,我吃完了,下次再约哦。"

一旁的唐漫看着柏安德离去的背影,冷哼一声,埋头一边吃饭一边碎碎念:"偷拍居然一点技术都没,把我拍得这么丑就算了,连打架都拍得没有一点点江湖高手的气质。"

苏慕言和徐玲珑对视了一眼,然后同时相当淡定地将碗一放,微微点头算是告别。

只见苏慕言去敲了敲柏安德的门,说了一句:"出来洗碗。"之后,也回了房间。

等唐漫回过神来的时候,桌上只剩他一个人了。看见柏安德正站在自己房门口看着他,他有些不好意思地站起来,头也不回地离开,却还是听见了柏安德说的那句:"原来他自己也知道被拍得很丑啊。"

唐漫顿时想要折回去和柏安德打一架为自己挽回尊严的,哪知道苏慕言居然从房间出来了,他只好悻悻而归,嘴里还在咒骂着那个偷拍的人为什么把他拍得这么丑。

一天晚上,苏慕言和柏安德正在吃着晚饭,忽然听见有人在敲门,柏安德忍不住小声地嘀咕了句:"居然有人来得这么准时。"

打开门一看就看见提着一个大箱子，还背着一个编织袋的唐漫，也许是因为他的头发太过凌乱，加上打扮太过颓废，柏安德站在门口看了半天硬是没有看出来是谁。

直到感到有些奇怪的苏慕言出来看了看，虽然被眼前的这个人吓了一跳，可到底还是认了出来，淡淡地说："有事？"

见苏慕言出来，唐漫立即把手中的东西一丢，扑到苏慕言的怀里就号啕大哭起来："苏慕言学长，我现在已经无家可归了，我来这里是和你辞别的，看来我要去经历人生的沧桑变故去了。"

还不等苏慕言回答，一旁的柏安德就幸灾乐祸地说："哈哈哈，你这个造型倒是挺像模像样的。"

唐漫收住了哭声瞪了一眼柏安德，刚打算继续哭，就听见头顶上苏慕言轻飘飘地说道："进来再说。"

一旁的柏安德不可置信地看着苏慕言，想当初自己想要住进来的时候，又是跪着，又是抱大腿，最后还被打了一顿才终于住了进来。凭什么现在唐漫说要住进来，他就这么大方，这难道就是所谓的种族歧视？

柏安德站在一旁，看着两人走进去之后才茫然地跟进去，眼神不善地一直盯着唐漫，只希望他能够懂得自己眼中赤裸裸的不欢迎。

哪知道唐漫直接忽略了柏安德的存在，对苏慕言说道："学长，本来我今天回去还想给你带一个惊喜过来的，但是没想到，惊喜没带成，倒是自己被惊吓住了。"

苏慕言面无表情地看了一眼他，淡淡地说："说说看。"

"啊！"唐漫被苏慕言的一句话给问蒙了，但是很快反应过来，"事情是这样的，我本来是打算熬个鸡汤给你的，但是没想到，我在中途睡了一觉，就把房东的厨房给炸了。她居然毫不留情地将我赶了出来，还拿走了我身上所有的钱，说是用作维修费。"

3. 熬鸡汤的前奏

原来，那天唐漫从苏慕言这里离开后，回到家里躺在沙发上上着网，然后顺便去看了看苏慕言的朋友圈，发现居然全是杂志的宣传，搞得和一个微商差不多。

这让作为粉丝的唐漫十分痛心，毕竟以前苏慕言走的可全是高冷风，何时这么低声下气地做过宣传啊。

这时候，邻居刚好接小孩回来从他门外路过，说话的声音有些大，大概就是自家小孩过些天要考试，想给他们家小孩炖点鸡汤喝一下，这一下彻底激起了唐漫躁动的内心。

他想，苏慕言学长这么辛苦的工作，就是为了让《WOW》

不被停刊，让自己不至于在大桥底下住着，越想越觉得自己除了好好画画更应该为苏慕言学长做些实质性的东西。

于是，他灵机一动，觉得自己或许可以帮苏慕言学长熬一碗鸡汤。

看了看现在的时间，唐漫觉得还是明天去菜市场看看，然后帮苏慕言学长买一只大一点的鸡，让学长好好补补身体，好带领着自己勇往前进。

这样想着，唐漫觉得自己简直就是天才，他觉得，苏慕言知道自己这份关心他的心思，说不定哪天就把自己的作品放在最前面，那样自己就打败了那个傲得像一只公鸡一样的柏安德了。

可是，第二天唐漫睡到十点，起来的时候就接到徐玲珑打来的电话，让他过去帮自己打扫房间，说在房间里看见了蟑螂。

一听徐玲珑这么说，唐漫立即马不停蹄地赶到徐玲珑家，想着，虽然这些日子他在徐玲珑家打扫卫生的时候没有怎么用心，但是也不至于有蟑螂吧。

可既然她都这么说了，自己不去看一下，说不定她一个不高兴就把自己开除了，那自己可就没有什么机会能够每天都那么近距离地看见苏慕言学长了啊。

于是，一天就在徐玲珑家扫地抹地中度过，等他回到家的时候简直就快要累趴下了,哪里还记得给苏慕言买鸡炖汤的事情啊!

直到睡之前他才想起这件事,发誓明天一定要去,免得错过了这个时间以后的功效就不好。到时候,说不定苏慕言学长早就被柏安德给诱拐了去了,那自己再去就没有任何意义了。

可是第二天,他还没有起来就被一个电话吵醒,只听见对方根本没有给他任何说话的机会,直接说:"唐漫,你这次交上来的东西都是些什么啊,这么丑,交上去苏慕言还说我不用心,给我全部重画。"

一听到是柏安德的电话,唐漫内心是崩溃的,他越来越觉得柏安德就是一个克星,而且任何时候都不放过他。

这种贿赂苏慕言的关键时刻,柏安德居然让自己在那儿重新画漫画,来自唐漫内心的叛逆因子,让他利用上午的时候在那儿认认真真地画了半天的漫画。

中午趁着吃饭的时候,顺便打算去菜市场买一只鸡,里面的阿姨见到唐漫立即热情招呼着他过去,问他要什么。

唐漫高冷地看了一眼,然后淡定地说:"我是来买鸡的。"

那阿姨赶紧问道:"买鸡?我这里有香菇,也有山药,都是炖鸡肉的时候常用的东西,要不你都拿点?你看可新鲜了。"

唐漫在脑子里想了一下自己一个只会煮泡面的人,要是让鸡肉混着山药和香菇，恐怕会把一锅鸡汤都毁了，果断地笑着拒绝，前往下一家。

当唐漫看见鸡的时候，有些犹豫，不知道该不该走过去，毕竟从小到大还没有亲眼见过如此凶残地宰杀鸡鸭什么的。

在菜市场溜达了一圈之后，唐漫悻悻而归，一直到快到市场门口的时候，一家店子给了唐漫希望，那就是，卤肉店。

唐漫进去问老板有没有鸡肉，老板果然拿出了一整只卤好的鸡给他。唐漫看了看，然后犹犹豫豫地说："我好像不要这么大一只。"

那老板立即说："不要这么大啊，那你说你要多大，我这儿还有小一点的。"说着从里面拿出半只鸡，递给唐漫看。

唐漫看了看眼前的那半只鸡，略微思考了一下，点头同意。

就在老板已经快打包好的时候，唐漫又说道："可以帮我切一下吗？"

原来唐漫是趁着老板包装的时候，想象了一下自己挥着菜刀砍鸡肉的样子，果断地否定了这个行为，然后对老板说："老板，你还是帮我切一下吧。"

老板疑惑地看了唐漫一眼，似乎奇怪一个大男人居然还要自己帮忙切？但也没有过多的停留，果断地拿出一把刀，动作利落地切着鸡。

唐漫看着他手上的动作，感觉那一刀刀都砍在自己身上，不忍道："老板，你能轻点砍吗？"

老板不耐烦地抬起头看了他一眼，嘴里厌弃道："轻点能把骨头砍断吗，不会砍就不要说话，耽误我事。"

被老板这么一说，唐漫只好默默地将头转到一边去，眼不见为净。

老板问他既然剁好了要不要拌一下，唐漫想了一下，淡定地说："不用了，我是拿回去炖汤的。"

说完之后，潇洒地离开，留下一脸茫然的老板，他还是第一回听见有人要用卤好的鸡肉炖汤，那样炖着还能吃吗？

4. 因为炸了厨房被房东赶出来的唐漫

唐漫兴高采烈地提着那一袋鸡肉回到家，立即马不停蹄地准备着炖鸡汤的事。

他上网查了一下怎么炖鸡汤，发现大家都用了好多辅料，再看看自己这里除了油盐，就只有半个月前剩下的一些姜蒜。

唐漫想了一下，有一点总比什么都没有强，于是动作迅速地洗好，看了看别人弄得那么复杂，想了一下，算了，直接把东西倒进锅里面，盖上锅盖。

他看了看网上说一般要炖四十分钟以上,才能把鸡肉里面的营养融入到汤当中。唐漫想了一下,觉得那漫长的四十多分钟要是一直待在厨房,那就是浪费生命。

于是,唐漫回到客厅,打开电视,拿出手机,一边看电视,一边刷着微博。

唐漫在逛了一下各位大V的首页之后,重新回到自己的微博,想着自己多多少少也算是一个公众人物,应该可以靠微博来增加一下自己的人气的,顺手就拍了张自拍发在微博上。

哪知道,居然真的有一些粉丝来评论,唐漫想着,自己作为一个平易近人的偶像,肯定不能在这种时候耍脾气,于是兴致勃勃地开始和他们在微博上聊天。

聊着聊着,唐漫觉得累了居然直接睡了过去,刚刚梦到自己比柏安德还要厉害的时候,只听"嘭"的一声,把他从睡梦中惊醒。

唐漫爬起来看了看手机,发现自己已经睡了两个小时之久,拔腿往厨房跑去。

还没到厨房,他就已经被吓到了,只见厨房已经一片狼藉,完全看不出一点他离开前的样子,重点是一堆不知名的黏糊糊的东西,溅得整个厨房都是。

他看着凌乱的厨房,又看了看已经破了的锅,为自己下午花了几十块钱买来的鸡肉心疼了一下,顺便在心里飞快地计算了一下,买锅就算了,现在的情况可能煤气灶都要换了。

在他还来不及整理伤心的情绪的时候,房门忽然响了,唐漫只能匆忙地先去开门,哪知道一打开门,他就看到了自己此刻最不想看到的人——房东。

还以为她是来催房租的,唐漫想都没想,直接殷勤地讨好着她,哪知道,对方只是笑了笑,然后立即板着脸说:"你现在就给我搬出去。"

"为什么啊,我明明说了会尽快给你房租的啊!"唐漫不解地问道。

只见对方冷哼一声,极不乐意地说:"这已经是第几次了,是不是嫌房子太结实了,三天两头地炸厨房?你看看,我租给你的时候厨房多好,再看看现在,不会炒菜就不要逞能。"

顿了顿她接着说道:"今天这个响声,连住在楼下的我都被惊醒了,就更别提别人了。你当是在过年呢,天天给我放鞭炮,你就算是愿意给我双倍的房租我也不会让你住在这里的,再见。"说完就去唐漫的房间开始给他卷铺盖。

唐漫听到她这么决绝到连一丝解释的机会都不给自己,只能跟在她后面,一个劲地捡着自己的衣服。

只见房东烦躁地转过头,看了唐漫半天之后,冷淡地问道:

"钱包呢?"

那架势,吓得唐漫直接掏出口袋里的钱包恭恭敬敬地递给她,那房东拿过唐漫手中的钱包,把里面的钱全部抽了出来,嫌弃地说:"就这点钱,亏你当初租房子的时候还说自己是一个文艺青年,我看就顶多算一个没有青年,什么都没有。"

然后她厌烦地站在一旁,看了唐漫一眼,不耐烦地说:"快点整理东西,等下还说阿姨这么不近人情,我可是很忙的,楼下还有一个牌约在等着我呢。"

唐漫本来还想为自己辩解几句,但是看到对方脸色一沉,就只能转过头乖乖地整理东西。

5. 这间屋子的规矩,谁后面来谁洗碗

说到这里,唐漫又开始在那儿委屈地哭诉着自己的不容易:"苏慕言学长啊,我在这里没有亲戚朋友,就只有你在这里了。你要是还不帮我,我恐怕就真的只能流浪街头了。"

苏慕言刚想开口安慰一下,但是纠结着还没来得及说,就听见一旁的柏安德大声嘲笑:"就你这种连烧水都不会开煤气的人,居然还想熬汤,就算熬出来,我怕苏苏也没有那么强悍的身体消受啊!哈哈哈,幸好炸了,否则后果不堪设想啊。"

说完觉得好像还不够,他又补充道:"你们人类不是有什

么故意伤害罪吗，估计你的行为就是。"

苏慕言在一旁看见两个人在那儿马上就要剑拔弩张的时候，赶紧找准时机打断道："那你先住在这里。"

柏安德不解地问："凭什么这么轻易地就让他住进来，当初我可是靠才艺才进来的，他凭什么啊？"

苏慕言看了一眼唐漫，有些无奈地说："靠脸吧。"

眼见着唐漫住进来已经是不争的事实了，柏安德只好抢占先机地说："我不喜欢和别人睡。"

苏慕言冷冷地看了一眼柏安德，认真地说道："那你就睡沙发吧。"

"凭什么？"柏安德不服气地问。

苏慕言刚想说什么，却被唐漫抢了先："当然是苏慕言学长觉得你更加皮糙肉厚，没必要享受那么好的环境。"

听见唐漫这么说，柏安德忽然反应过来，说道："话说，你是不是有什么目的进来的，当初那个视频我至今还觉得是你拍的。现在你说把房子炸了，谁知道是不是真的，我看你的目的就不单纯。"说完，上下左右打量着唐漫，像是要在他身上找出破绽。

唐漫自然不会任由柏安德这么污蔑自己，立即反驳道："我还没说你，为什么你会忽然出现在苏慕言学长的身边，重点是你居然还会画画，怎么以前没见你在哪里画过？你读过书吗？

在哪儿毕业的？我看你也不单纯吧。"

"那你说，你为什么要来找苏慕言，我就不信你在这儿就只认识苏苏。"柏安德咄咄逼人道。

唐漫自然也不敢示弱："我就只认识苏慕言学长，别的人我都不熟，怎么好意思去麻烦别人？"

柏安德不屑地说："说得好像你和苏慕言很熟一样。"

眼见着他们又要没完没了地吵下去了，苏慕言率先打断道："你们是睡沙发还是一起睡次卧，自己决定，我吃饭去了。"

一听吃饭，柏安德也不再理会唐漫，唰地闪身，坐在饭桌前开始吃着肉，嘴里含含糊糊对唐漫说道："不要和我抢房间。"

唐漫看了看已经坐在饭桌前的两人，肚子咕噜一叫，有些委屈地对苏慕言说："我也还没有吃晚饭的，苏慕言学长你看……"

苏慕言伸腿踢了踢柏安德，发现他蹲在椅子上，只得出声催促："柏安德，去拿双碗筷。"

柏安德极不情愿地看了一眼唐漫，勉为其难地起身去厨房。将递给唐漫的时候，他忽然觉得自己好像一个仆人，凭什么什么事情都让自己做，随后极不高兴地回到自己的位置上凶狠地嚼着碗里的肉。

吃完晚饭，柏安德率先将碗一丢，对唐漫说："这间屋子是有规矩的，谁后面住进来谁就要洗碗。"

唐漫刚想找苏慕言控诉，但是见苏慕言完全没有闲心理睬自己，只好认命地起身收拾碗筷。哪知道走到一半的柏安德又突然回头，略微嘲讽地提醒："千万别把碗摔碎了，毕竟你可是有炸厨房的前科呢。"

唐漫瞪了柏安德一眼，接着收拾碗筷。

6. 柏安德意外感冒

晚上睡觉的时候，柏安德抢占先机把被子全部给卷了去，原以为这样就可以逼走唐漫，但是没想到，唐漫居然直接从他的编织袋里面拿出了一床被子，得意地朝柏安德笑了一下，然后躺下睡觉。

看到自己这样都没有逼走唐漫，柏安德不免有些不高兴，瞪了一眼他，然后睡觉。

本来两个人都是相安无事地睡着的，可是没睡多久，就听见"嘭"的一声，柏安德直接被吓醒了，转头一看发现床边一个披头散发的人正在奋力地想爬上自己的床。

柏安德以为是什么污秽之物，吓得直接给他来了一脚。

本来已经快爬上床的唐漫被柏安德这么一踢，又重新回到了地板上，怨愤道："柏安德，你有病吧，大晚上不睡觉做什么广播体操啊？"

柏安德震惊地看着底下的人，半天才反应过来是唐漫，惊讶地说："天哪，你什么时候睡到地上去了？你要是喜欢，就直接和我说嘛，我难道还会不同意？干吗还要来和我抢床，而且爬床的姿势还那么——惊悚。"

唐漫捂住屁股从地上爬起来，暴跳如雷地说道："我喜欢睡在地上？我看你才喜欢睡在地上吧，连觉都不会睡的家伙。"

柏安德瞥了一眼唐漫，不满地说："又没人求着你和我睡，是你自己非要来的，大不了你去沙发上啊。"

只见唐漫盖着自己的被子转向一边，不理柏安德。

然而，还没有平静多久，唐漫又被柏安德踢到了床下，这次柏安德竟然连醒都没有醒。

唐漫忽然玩心大起，蹑手蹑脚地把柏安德弄到了床下，才舒舒服服地躺回床上，顺势享受了一下一个人在大床上翻滚的感觉。

第二天，苏慕言早早地就起来开始做饭，总不能说，因为昨天那边声音太大吵得自己没办法睡觉吧。

刚把饭做完，就看见唐漫一脸兴奋地跑到苏慕言这里，羡慕地说："苏慕言学长，你家的狗好威风啊！"

"什么？"苏慕言不解地问。

　　唐漫伸手指了指房间里，"你自己去看嘛，又大又威武。"

　　苏慕言想了一会儿，知道大概是柏安德变成原形了，立即紧张，但想起来唐漫说那是狗之后，又放宽心，淡淡地说："我知道了，没把你吓到就好，吃饭吧。"说完朝房间走去。

　　原来，因为昨晚柏安德完全没有意识到自己已经被唐漫给弄到了地上，只觉得越睡越冷，却终究没有让他醒过来。

　　直到第二天，他感觉到自己被什么东西使劲地踩了一下，刚想跳起来骂人，却发现自己完全没有力气，微微睁开眼睛看了一眼，知道是唐漫后，在心里暗自记下，打算什么时候有力气再报复回去。

　　倒是唐漫，醒过来的时候以为还在原来的家里，直接从床上跳下去，发现踩到一个毛茸茸的东西，心想，自己难道什么时候买了地毯，怎么连自己都不知道？低头一看，只见地上躺着一只动物，他还以为是苏慕言家的狗，兴奋地跑去夸赞。

　　果然，苏慕言一进去就看见地上躺着的柏安德，将门小心地关好，问道："怎么回事，大早上在房间摆造型？"

　　柏安德只得委屈地说："我哪知道，醒来就躺在这里了，而且我好像生病了，一点力气都没有。"

苏慕言听柏安德说完，又想起门外的唐漫，于是潇洒地起身走出去对唐漫说："你吃完饭出去买些狗药回来，他好像发烧了。"

唐漫想起今天早上自己无情的那一脚，只能赶紧吃完，拿起苏慕言给的钱就往外走，刚走到门口他又像是想到什么，问道："柏安德呢，昨天晚上明明和我睡在一块的啊？"

"早上跑步去了。"苏慕言只好胡编乱造了一个理由，总不能说，他现在正在里面躺着吧。

7. 吃人类感冒药的豹子

见苏慕言进来，柏安德认真地对他说："我不要吃狗药。"

"买不到豹子药，将就一下。"苏慕言淡淡地说。

柏安德气得跳脚，挣扎着就要起来，却被苏慕言制止住，只能用嘴嘶吼着："给我几颗感冒药就好了，我就算是豹子也不吃兽药啊。"

苏慕言只好出去拿感冒药，心想，要是到时候唐漫回来，看见自家的狗不见了，会是什么样的表情。

果然药到病除，虽然，柏安德还没有彻底恢复过来，可到底还是变回人形了。想到今天早上被唐漫踩的那一脚，他瞬间意识到，悬灵玉的重要性。

躺在床上，柏安德对苏慕言说："苏苏，你明明答应帮我找悬灵玉的，为什么现在还没有一点消息？"

苏慕言这才想起，在柏安德第二次变回原形的时候，他曾对自己说，他来这儿是要找一个东西的，不然他可能随时都会变回豹子的形态。

想起当时他变成豹子的惊险情况，苏慕言立即点头答应说自己帮他找。

可是这段时间一直在忙着杂志社的事情，哪里有空找什么吊坠，也就耽搁了。现在柏安德问起来，他倒是不知道怎么回答了，只能敷衍道："一直在找，只是没有找到。"

柏安德将信将疑地信了，然后对苏慕言说："谢谢，不然我这样肯定直接被送去什么研究院或者什么特殊组织了。"

苏慕言皱着眉头疑惑，柏安德怎么会知道这些东西，只听到他得意地继续说道："是不是瞬间觉得我很有学问，其实是我上次看动画片的时候，无意间看到的。"

原来动画片还有这种功能啊，苏慕言不禁赞叹。

果然不出苏慕言所料，唐漫一回来看见躺在床上睡觉的柏安德，不满地说："早上不是还挺有精神地跑步吗，现在居然躺在床上了，这么没本事还上什么天，活着都难吧？"说完讨好地对苏慕言说道,"苏慕言学长,药买回来了,你赶紧给你家狗狗吃了吧。"

苏慕言看了眼柏安德的房间,淡淡地说:"送去宠物医院了。"

唐漫将手中的药放在茶几上,担心道:"有这么严重?"

"有医生,没事。"苏慕言简短地回答,回到房间,又像是想起什么,开门对正在看电视剧的唐漫说,"有时间就去画画。"

唐漫只好听话地关掉电视,回到房间画漫画。

柏安德虽然身体虚弱只能躺在床上,但是看到唐漫的画之后,忍不住地挣扎起来,嫌弃地说:"就你这样的水平,出去千万别说我教过你,太丢脸了。"

"你以为我愿意,还不是被你看着,我都不好意思画了嘛。"说完将画笔一放,转身去阳台晒太阳去了。

柏安德嘲笑一声,然后闭着眼睛养精蓄锐,从来没感过冒的柏安德,还是第一次尝试到人类疾病的威力呢。

8. 柏安德找到自己感冒的原因

第二天早上醒来的时候,柏安德发现自己又躺在了地上。

到了第三天的时候,他长了一个心眼,在旁边装睡,果然,没过多久就被唐漫给挪到了床下。

当时柏安德直接跳起来,指着唐漫说:"我说我这几天怎么睡得不舒服呢,原来都是你在作怪啊!我让你住进来就已经很给面子了,你居然还这样对我。"

唐漫心里那个委屈啊,第一天自己被踢到了床下无数次,第二天原以为柏安德生病了,应该会好一点,哪知道更甚,还没睡半个小时他就已经下去两次了。忍无可忍的他,只能狠心将生病的柏安德拖到了床下,给他找了床被子。

为了避免前两天的痛苦,今天唐漫才狠心在一开始就做这件事情的,但是没想到,还没有开始,就被柏安德给抓住了。

唐漫只好为自己辩解道:"你是不知道,我在你这里睡了两天,不知道被你踢下去过多少次。要不是我身体硬朗,恐怕早就被你踢得散架了,我还不知道,原来你腿上的功夫都可以上天了,就你这身手怎么不去当运动员啊?"

柏安德哪里管唐漫受没受伤,想着自己变成豹子,还被他歧视成一只狗的时候,这个仇他现在都还记得。

这时候,听见动静的苏慕言从旁边过来,看见房间里的两个人一个坐在床上,一个站在地上,眼看着就要剑拔弩张了,沉声问道:"怎么回事?"

柏安德这会儿学乖了，赶紧抢先答道："他恩将仇报，想要陷害我。"

苏慕言听见柏安德说出这样一番话来，想着，莫非最近他不看动画片，改看宫廷剧了？随后又看向唐漫，以现在的架势来看，他完全不占任何优势。

唐漫见苏慕言看向自己，赶紧抓住时机，跑过去抱着苏慕言的腿就开始哭诉："学长，我知道你让我住进来，是我莫大的荣幸，可是，即便是这样我也不能容忍，柏安德每天晚上把我踢下床无数次吧。"

"又没人叫你和我睡。"柏安德不屑地说。

唐漫也不让步："你以为我愿意啊。"

苏慕言站在一旁听两人说完之后，沉默了片刻，才开口道："柏安德睡沙发去，明天两人再换回来。"说完，就转身回自己房间睡觉了，刚刚睡下，就又被他们吵醒。

柏安德还想为自己辩解一下的，但是看到苏慕言阴沉下来的脸之后，只好一脸委屈，拖拖拉拉地抱着被子去客厅里睡，临走时还瞪了唐漫一眼。

就这样，因为苏慕言随口的一个决定，两人相安无事地过着一天沙发一天床的日子。

柏安德身体才刚刚好，鉴于柏安德现在风头正盛，加上就连漫画的单行本的销量也一路走好，苏慕言跟上头建议说要给柏安德办几场签售会，一个是为了顺应读者的要求，另外一个也是为了让柏安德以这样的形式出现在大家眼中。

　　晚上吃饭的时候，苏慕言对柏安德说："我给你安排了几场签售会。"

　　正在吃着饭的柏安德一听签售会，顿时来了兴致，连忙问道："都是在什么地方啊？"

　　"地点还在征集，至于时间，看上头怎么安排。"

　　一旁的唐漫听说有签售会，立马问道："苏慕言学长，签售会是只有柏安德吗？"

　　苏慕言想了一下，虽然自己只跟上头提了一下柏安德，但是是不是个人的还不确定，也许到时候会安排别的画手跟着一起也不一定。他又看了看坐在那里吃饭的唐漫，想着，本来两个人是在同一阶段推出来的，倒是可以考虑一下唐漫。

　　于是他诚实地对唐漫说："目前的情况还不确定，到时候可能有一些特殊安排。"

　　唐漫自然听出了苏慕言话语中的潜台词，笑着说了声谢谢，然后飞快地吃完饭，回房间画画去了。

── 三人小剧场 ──

不能解释的误会

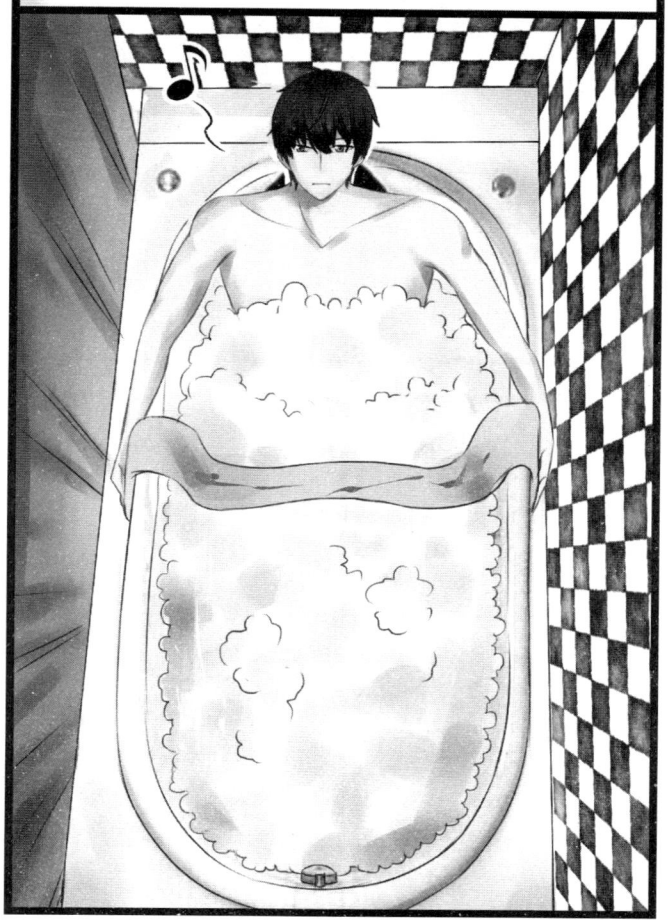

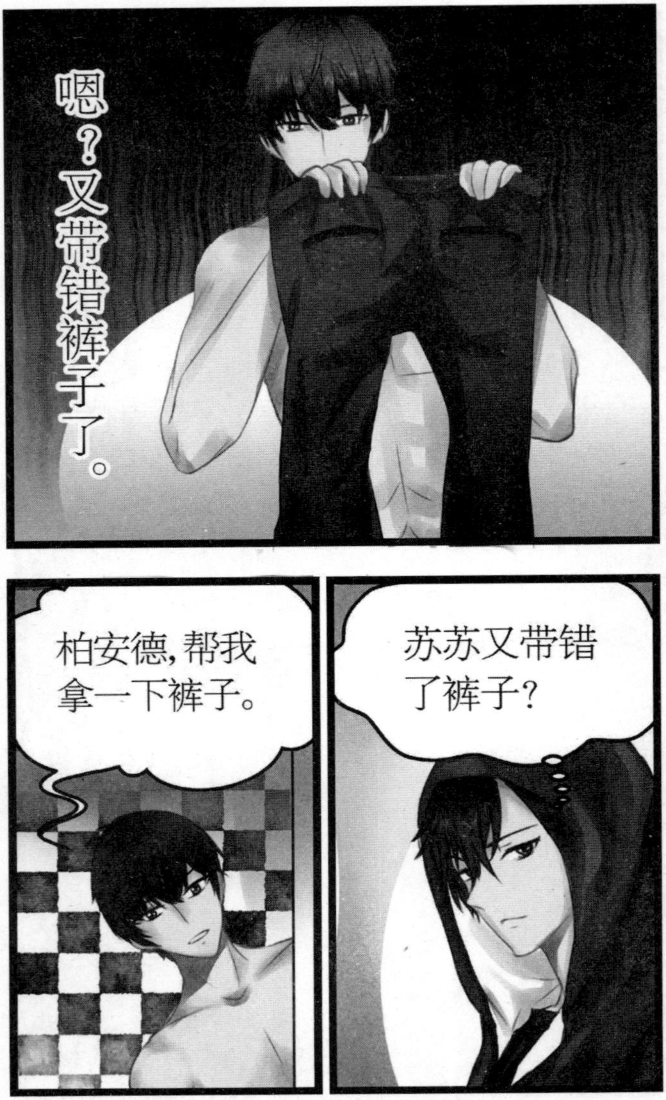
嗯？又带错裤子了。
柏安德，帮我拿一下裤子。
苏苏又带错了裤子？

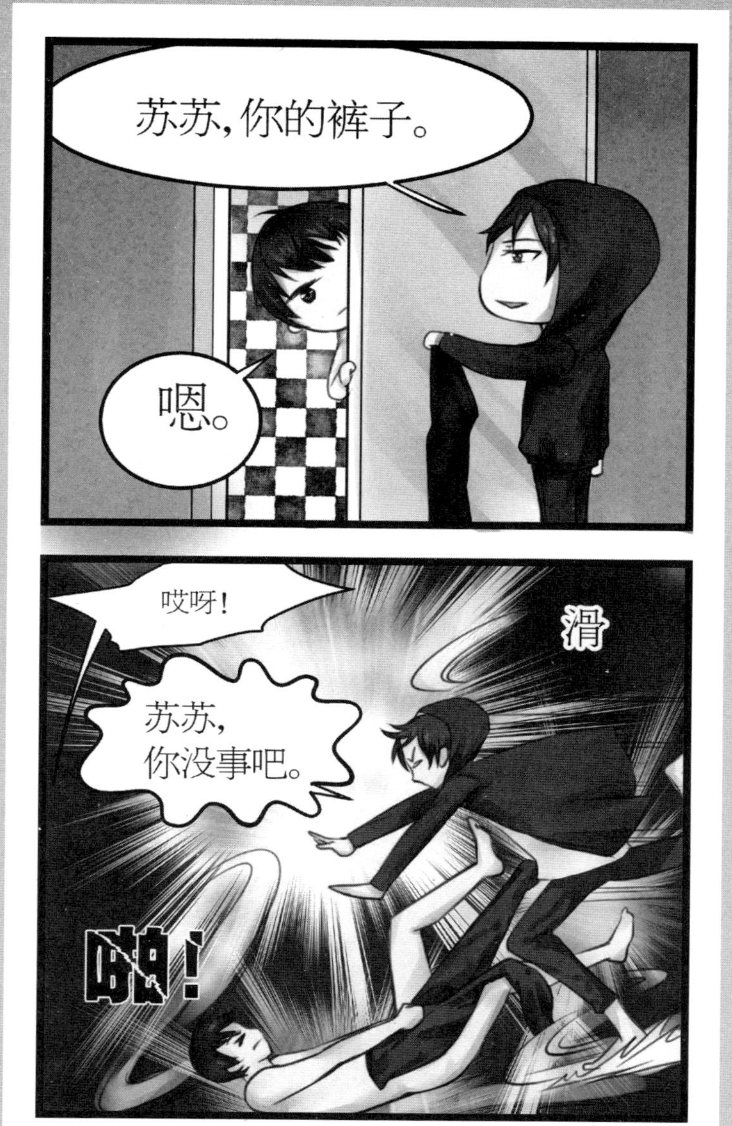
苏苏，你的裤子。
嗯。
哎呀！
滑
苏苏，
你没事吧。
啪！

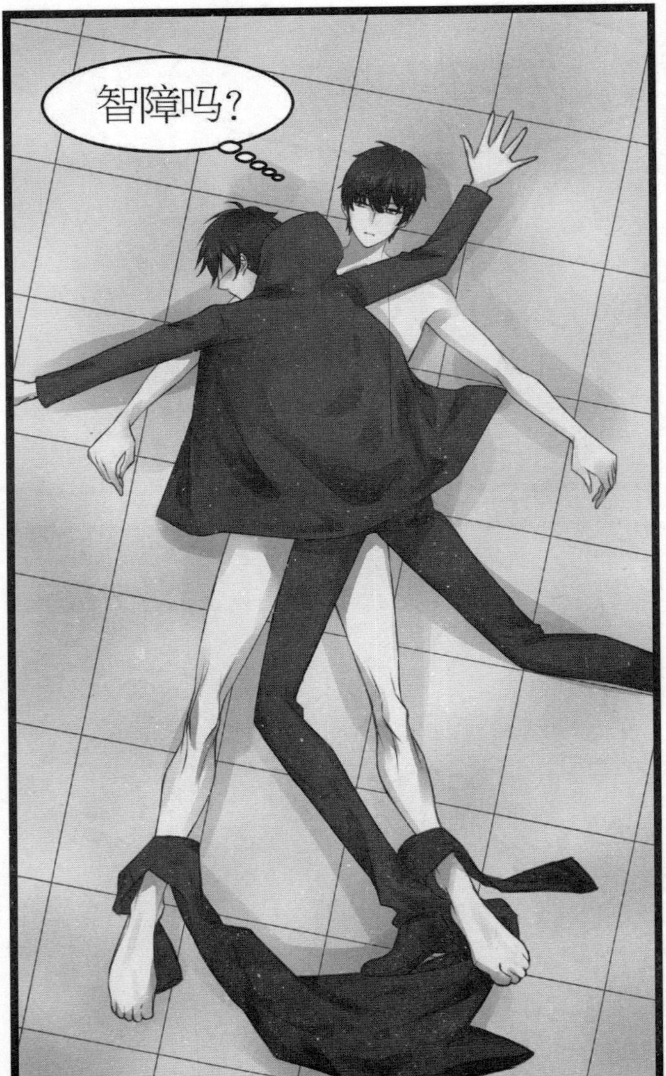
智障吗？

怎么回事？

柏安德！！！我还在呢，你就这么对我亲爱的学长？

TAMEN
YUBAO

—— 第七章 ——
签售会状况不断

1. 签售会露出原形

这件事情上头一确定，苏慕言就开始紧锣密鼓地安排着。先是让徐玲珑在网上发帖发微博征集着签售会的城市，然后安排签售时间，最后，再选了各个城市比较有意境的地方。

随着签售会时间的临近，苏慕言趁机让徐玲珑公布说可能有神秘嘉宾亲临各个现场。

前面几个城市的签售会都顺利完成了，直到云出市的签售会开始，因为其他城市选的都是公司现在的一些画手，最后只剩下杂志社目前比较厉害的一个画手，还有一个就是唐漫。

当然这也是苏慕言的巧心安排，主要是为了同时将唐漫的人气也一起打造出去。

签售会当天，兴许是经历了前面几场签售会的沉淀，回到云出市，柏安德倒是显得十分淡定，再看一旁的唐漫，简直激动得一个劲地在抖腿。

柏安德嫌弃地说："胆子要是这么小的话，何必逞强在苏慕言面前玩什么毛遂自荐呢？"

唐漫看了眼柏安德，强装镇定地辩解道："我哪里胆子小了，我是怕到时候粉丝太热情，吓到我。"

柏安德冷哼一声，不屑和唐漫计较。

这时候苏慕言进来对他们说："到时候不管遇到什么情况，都要找到我，尽量不要随便说话，别给我惹麻烦。"

这还是柏安德见到的苏慕言为数不多的唠叨，敷衍地点头答应，毕竟前面几场都是很正常的，他倒是提醒到唐漫："唐唐，到时候只要微笑就是了，不要说一句话。"

唐漫本能地反驳道："为什么？"

"因为你的智商，万一哪句话说得不好，让人抓住把柄，我们会一起掉粉的。"柏安德好心地解释，然后转身去换衣服。

这时候，唐漫才反应过来，对一旁的苏慕言问道："他刚刚叫我什么？"

苏慕言看了一眼柏安德离开的方向，淡淡地说："你姓氏的叠音。"

只见唐漫还傻乎乎地念了一遍，相当嫌弃地想要拒绝，只听见一旁的苏慕言淡淡地说道："反抗没用。"

唐漫终于明白苏慕言都在承受些什么了，拍着他的肩膀，郑重地安慰道："苏慕言学长真是辛苦了。"

距离签售会开始不到五分钟的时候，柏安德一脸委屈地跑到苏慕言那里，欲言又止了半天，才缓缓地说："苏苏，我想上厕所。"

苏慕言看了看时间，刚想开口训斥柏安德，但是看见他那张单纯无害的脸之后，只能抿了下嘴，板着脸说："快去快回。"

因为柏安德的离开，所有人都只能等着他，直到旁边的工作人员告诉苏慕言说，时间已经过了十分钟了。

苏慕言这才抬腕看了一下表，果然，柏安德起码进去了十多分钟，怎么还不出来？

没有办法，苏慕言只好控制场面说柏安德临时有事耽搁了，让大家耐心地等待，说完转身朝洗手间走去。

果然，一进洗手间就听见柏安德在那儿呼喊着自己，苏慕言推开一看，只见卫生间里待着一只豹子。他烦躁地看了柏安德一眼，然后开始给外面的人打电话："唐漫，你现在开始签售,跟大家说,柏安德突然身体不适,稍后再来。"

挂完电话,看着蹲在自己脚边的柏安德,苏慕言哀叹一声,明明都是最后一场了,早不变晚不变,居然在这种关键时候变成一只豹子。要不是一开始就准备了两个画手,现在还不知道怎么收场呢。

柏安德看着自己现在这副模样,比苏慕言还要郁闷,无奈地说:"变身这个事情,我也不能控制,只是现在签售会怎么办,我可爱的粉丝们都在等着我呢。"

"等你变回来。"苏慕言淡漠地说。

大概是嫌弃厕所味道太大,跟柏安德一说完苏慕言就径自走了出去,留下柏安德孤零零地在那儿看着他远去的背影,忧伤地说道:"你就这么抛弃我了吗?你就不能想个办法把我带出去啊,我不喜欢这里面。"

苏慕言回头看了一眼柏安德,沉声道:"等着,变回来再找我。"

望着苏慕言决绝的背影,柏安德只好委屈地找了间靠窗户的单间将门一关,开始数着自己的毛来打发无聊。

2. 千等万等居然等到了签售会结束

而签售会的另一边,唐漫正在手忙脚乱地签着名,旁边的苏慕言开始跟大家一个个地说着抱歉,谎称柏安德身体临时不适,已经去医院就诊了。

读者们虽然失望,但还是觉得身体为重,大家纷纷让苏慕言转告柏安德,好好照顾自己,苏慕言也只好笑着答应。

甚至有些粉丝还说要去医院看他,苏慕言只好说,柏安德现在需要静养,还是不要打扰的好。

直到签售会结束之后,大家都在清理场地了,柏安德才晕乎乎地从厕所里出来,看见苏慕言立即扑过去,却被苏慕言巧妙地避开了。

柏安德只好站在原地,得意地说:"苏苏,快看,我变回来了。"停顿了一下,问道,"我的粉丝们呢?"

这时候,唐漫从苏慕言后面探出头来,虽然听不懂柏安德说的什么变不变回来,但还是好心地告诉他:"他们早在半个小时前就已经走了,只怪你这趟厕所倒是进去得有点长。"

柏安德转了一圈,果然,除了空旷的场地,一个读者都不见了。柏安德委屈地看着苏慕言,眼里几乎都快翻出泪花了,情绪低落地说道:"你不是让我变回来就找你的吗?我那么努力地回来了,居然不替我留着我的小读者们。"

苏慕言淡淡地说:"他们让你照顾好自己。"

柏安德撇了撇嘴,冷哼一声,转头就看见自己的漫画单行本上，留着唐漫的签名，整个人都不好了。他愤怒地看了看唐漫，像是在问他为什么在自己的书上面签名一样。

只听唐漫漫不经心地说："谁让你躲在厕所不出来的，害得我还要帮你撒谎，骗读者说你身体不好，还让我辛辛苦苦帮你签名，却还在这里指责我？"

柏安德气得跺了一脚，转身往外走，要不是苏慕言说，现在他们的一举一动都受到千万人的关注，不然现在他肯定扑过去把唐漫撕碎。

现在他终于懂了苏慕言之前说的，动了别人的女人的话了，就像现在，他也觉得自己的女人像是被别人染指了一样。

等把剩下的事情都忙完，苏慕言回到家里的时候，已经是晚上八点多钟了。他习惯性地去敲柏安德的房门，哪知房间里根本就没有人。

这时候，唐漫眼尖地看见阳台上坐着一个人，忍不住过去嘲笑道："这是想要上天的节奏吗？大晚上坐在这里也不怕把人给吓到。"

柏安德慵懒地回头看了他一眼，又转过头去，脸上写满了我不想理你。

唐漫只好识趣地自己回去，这时候苏慕言从厨房出来，问他们要吃什么。

"苏慕言学长也累了一天，就随便做点就行了。"

苏慕言看了一眼柏安德，问道："他呢？"

柏安德终于回头说了一句："我吃了两个小时的牛肉干了，现在不要跟我提吃的，我听着胃疼。"

还是第一次听见柏安德会因为吃的胃疼，果然，苏慕言看见茶几底下自己刚买的一袋牛肉干已经所剩无几，也不管他们，自己回去做饭。

至于唐漫，坐在客厅里，看了看阳台上的柏安德，又看了看在厨房忙碌的苏慕言，略显尴尬地梳了一下自己的长发，然后打开电视，开始看着电视剧。

3. 仿佛看见自己 N 年后带孩子的情况

柏安德想着今天下午的事情，想到自己之所以来到云出市，不过是为了找到悬灵玉，可是现在在苏慕言家里住了这么久，却完全没有悬灵玉的半点消息。

先不说找不找得到悬灵玉，自己总不能一直在这里待着吧。如果在这里没有找到悬灵玉的消息，那么自己就应该离开，毕竟自己不属于这里。

可是，和苏慕言住了这么久，多多少少还是知道苏慕言在承受着一些什么，总不能在他最艰难的时候自己孤身离开吧，这样也太不够意思了。

这样想着,柏安德就更加郁闷了,也就是因为这件事,他用吃牛肉干来决定,但是到最后,牛肉干都被他吃完了,却还是没有找到答案。

他只好坐在阳台上冥思苦想,哪知道这种时候,苏慕言居然来问他吃什么,这么赤裸裸的关心会把自己收买的,他之所以说自己吃得太多了,一方面是真的吃得太多了,另一方面只是不想欠苏慕言太多。

虽然一开始两人都是各怀心思,但是……柏安德叹了口气,想要伸个懒腰。

哪知道他刚想站起来,伸个懒腰的时候,一个影子以迅雷不及掩耳之势冲了过来,吓得柏安德差点摔了下去,只好让重心往里靠,结果一个不稳直接摔到了地上。

而那个冲过来的身影,被柏安德摔在地上的身体一绊,直接摔到了柏安德身上。

刚刚做好饭来叫唐漫的苏慕言,一来阳台就看见这一幕,只能故作镇定地轻咳一声,淡淡地说:"你们以后注意一点,我倒是不在乎这些……"说到这里,苏慕言停下来想了一下措辞,然后接着说,"玩闹。但是,万一别人看见恐怕……上次的风波又要来了。"

唐漫立即明白了苏慕言说的是什么,赶紧从柏安德身上爬起来，因为太过激动，还把柏安德给踩了一脚。

柏安德在底下闷哼一声，紧接着开始控诉："唐唐，不要以为赐了你一个亲密称号，你就可以有事没事冲过来，吓到本宝宝了知道吗？爬起来的时候，还把我踩一脚，你不知道我这只手是艺术家的手吗，踩坏了你赔得起吗？"

"我那不是看见你想要跳楼吗，我知道下午那件事情对你的打击很大，但是你也没有必要这么伤心到寻死吧？"唐漫看着柏安德，气愤地说着，甚至分析了种种利弊，"就算是寻死也不要在这儿啊，连累苏慕言学长不说，重点是，我可能会成为第一嫌疑犯。我才走上一条宽阔大路上，千万不能被你毁了啊。"

柏安德冷哼一声："就下午那种小事情，你以为我真的会这么在意那几个签名，别忘了在你之前我可是签了四场的人。"

"总之，你要寻死，也要看看在你后面无辜的我们啊，我可从来没有想过要害你。"唐漫不满地控诉着。

柏安德不再说话，起身拍了拍衣服，然后对苏慕言说："我今天要早点睡，你们先吃饭吧。"

苏慕言倒是没有说什么，看了看他们俩，然后回去吃饭，自己在外面辛辛苦苦地工作了一天，回来后自己做饭也就算了，这两个人还不给自己省心。

看着自己的处境，他仿佛预见了 N 年后自己带小孩的样子。

4. 忽然停电

晚上，苏慕言正在那里做着一些收尾的工作，顺便还想撰写一份心得及相关情况报告，主要是向上级报告一下，这五场签售会的一些情况以及存在的一些问题。

就在苏慕言写到"可能是行程安排太密集，导致画手身体不适"之时，忽然就停电了。

苏慕言坐在那里一动不动地等了半天，之后，就听见浴室里传来唐漫凄惨的叫声。

原来唐漫去洗澡，刚刚把沐浴露和洗发露给抹好，就停电了。他本能地去找开关，结果哪知道脚一滑直接摔倒。

苏慕言拿着手机打开手电筒，亦步亦趋地朝着浴室走去。

这时候，听见动静的柏安德也从房间里出来，在苏慕言后面幽幽地说："他没事吧？"

被他这么一吓，苏慕言险些将手机掉到地上，握着手机往柏安德的方向照去，发现是柏安德之后，强装淡定地说："不知道，估计摔得不轻。"

说完后，苏慕言走向浴室，敲了一下门，喊了唐漫一声，听见他回答,赶紧趁机问道:"摔到哪里了?"

"我不知道,好像是摔到手了。"唐漫忍着痛回答道。

只见苏慕言淡淡地问道:"伸得直吗?"

唐漫闻言赶紧试了一下,告诉苏慕言说可以。

苏慕言又问道:"弯得了吗?"

唐漫又试了一下,发现可以,也就如实地跟苏慕言说了,结果得到了苏慕言一句:"没事了。"

一句话惊得唐漫愣在那里,苏慕言学长居然这样简单粗暴地就断定了自己的手没事,这也太随意了一点吧。

只听见门外传来柏安德对苏慕言浓浓的崇拜之意:"看不出来啊,苏苏,你简直比那些大专家还厉害,短短几句话就断定他没事。"

哪知苏慕言淡淡地说了一句:"我猜的。"

这些话传到唐漫的耳朵里,简直给唐漫本就已经受伤的身体重重的一击。这都是什么情况,他从来没有想到过原来苏慕言学长居然会这样随便妄下定论。

听着渐行渐远的声音,唐漫只能自己慢慢挣扎起来,然后借着窗外透进来的丝丝光亮,打开水龙头,结果还是冷水。

他总算知道了什么叫作倒霉的时候,喝凉水都塞牙了,就像他现在一样。

听着唐漫打着喷嚏出来，柏安德从房间里探出头来，关心地问道："唐唐，你还好吧，要不要我……"

唐漫还以为柏安德是打算将房间的大床给他，但是没想到，柏安德接下来只是说："帮你去找找有没有什么紫药水之类的或者云南白药，对了要不要纱布，用来这样绑着。"说话间将手放在胸前，给唐漫演示了一遍。

觉得自己遭到了柏安德的羞辱，唐漫果断地拒绝道："不需要，我好得很，没听见苏慕言学长都说没事了吗？"

柏安德一听他没事，朝他做了个鬼脸，当然唐漫根本看不见，就直接"啪"的一声把门关上，毫不留情。

5. 钻进柏安德的被窝

半夜，苏慕言躺在床上翻来覆去就是睡不着，并不是因为他失眠，而是今天晚上停电，导致房间里没有什么光亮，这对平时都是开着床头灯睡觉的苏慕言来说，简直就是致命的。

苏慕言心里盘算着明天要不要投诉物业公司，居然在晚上的时候停电，当初他买这处房子的时候，就是看中了24小时不会停电呢。

在床上折腾了长达两个小时的苏慕言实在受不了了，利用手机的丝丝光亮,来到了柏安德的房间。

柏安德原来还以为是唐漫来和自己抢床,毫不留情地把他踢了下去。

苏慕言被他这神来一脚踢得腰酸背疼,压着心中的怒气,冷冷地说道:"是我。"

一听声音不对,柏安德吓得一个激灵从床上坐起来,可能是豹子天生的夜视能力比较厉害,看清楚是苏慕言之后,更加惊吓了。他那边不是有床吗,来自己这边是什么意思啊。

苏慕言当然感觉到了柏安德的疑惑,淡淡地说:"一个人睡会冷。"

柏安德诧异地看了看外面的星星,心想,苏慕言脑子不会出问题了吧,这大夏天的会冷?

苏慕言干脆一鼓作气地解释:"空调开不了。"

这种时候,不开空调不是应该自己一个人睡吗?来和自己挤不是更热吗?柏安德开始觉得自己越来越不了解他们人类的世界了。

还不等柏安德说什么,苏慕言已经迅速地爬到了床上,鉴于之前唐漫说被踢下床的事情,苏慕言警告道:"你要是踢我,这个月就等着断粮吧。"

果然,这句话的威力比任何要挟都有用,晚上柏安德都是规规矩矩地睡在自己那一边,直到后半夜降温,柏安德伸手将苏慕言身上的被子抢过来,后来又被苏慕言给抢了回去。

这时候,半夜醒来上厕所回来的唐漫,听见柏安德房间的动静好像很大,只听见柏安德说:"苏苏,你爬上我的床就算了,能不能让我好好睡一觉?"

苏慕言完全不理他,柏安德只好继续说:"你怎么可以这么欺负我,我都这么大方地让着你了,你怎么还要欺负我?"

唐漫还觉得奇怪,怎么柏安德一个人睡觉,还能演出一场大戏出来,就在唐漫准备离开的时候,听见苏慕言冷冷地说了两个字:"闭嘴。"

这让唐漫不得不胡思乱想了。这都是什么情况,苏慕言学长怎么会在柏安德房间里,重点是还睡在一张床上,唐漫觉得自己有必要吹吹风冷静一下。

于是他捂着因为洗澡摔伤的屁股,一瘸一拐地走向阳台,哪知道还没有走到,就不小心碰倒了苏慕言养的一盆很大的仙人球。

唐漫生怕苏慕言知道自己弄坏了他的东西,直接把自己赶出这里,于是小心翼翼地清理着现场。哪知道一个不小心脚又踩到了一块花盆的碎片,条件反射地跳了起来,结果一个不小心滑倒就算了，一屁股直接坐在了仙人球上，顿时惊呼出声。

现在恐怕不想让苏慕言知道都难了，只见苏慕言一脸倦意地从柏安德房间走出来，心想，自己和柏安德抢被子就已经够累了，这里这个还不安分。

一出去，苏慕言看着躺在地上的唐漫，赶紧叫柏安德将他扶起来。

哪知道，柏安德将他扶起来就直接扔在了沙发上，只见唐漫凄惨一叫，从沙发上跳起来。

柏安德一脸疑惑地看着唐漫，问道："唐唐，你撞鬼了，深更半夜大喊大叫。"

唐漫忍了半天，含着泪光想了半天，总不能说自己坐坏了苏慕言的仙人球吧，只能隐晦地说："我还有事。"

"我知道，不用太感谢我，只是举手之劳而已，你看你都哭了，有这么值得感动吗？"柏安德拍着胸脯说道。

唐漫勉强一笑，心想，我是感谢你让我再次坐在仙人球上面吗？

这时候，苏慕言打开手机，盯着地上的花盆碎片看了半天之后，又看向放着仙人球的地方，问道："我的仙人球呢？"

唐漫忍着疼痛，指了指自己的屁股，说："它在这里。"

闻言，柏安德迅速看过去，果然，唐漫的屁股上挂着一棵仙人球，柏安德本能地想用手拔，结果刚一碰就被刺得缩了回来，手一不注意，连带着碰了一下仙人球，害得唐漫又是一阵尖叫。

苏慕言看着这两个人，不过就是停个电，居然还给自己闹出这么多事情来，真是……

他只好借着手机手电筒的光亮，帮唐漫把那个仙人球给拔了出来，将手中的镊子交给柏安德，打着哈欠说："把刺全部拔出来就可以了。"说完毫不留情地离开。

柏安德看着手中的镊子，又看了看趴在沙发上的唐漫，笑着说："唐唐，来，自己把裤子脱了。"

听见柏安德说这样的话，唐漫本能地捂住胸口，警惕地看着柏安德，结巴地问道："你你……你想要干什么？"

柏安德嫌弃地冷哼一声，说："帮你拔刺，你觉得我会对你做什么吗？"

虽然极不情愿让别人看见自己的屁股，但是以现在的情况来看，唐漫也只能听着那些奇怪的话认命地脱裤子，总不能让那些刺一直留在自己的屁股上吧。

柏安德脸上虽然写满了不愿意，但想到苏慕言的嘱托，还是动手帮唐漫拔着屁股上的仙人球刺。

唐漫想到柏安德一下伤害自己两次的事实，不免有些后怕道:"你确定你能看见?"毕竟此刻柏安德居然没有拿任何可以照明的东西。

对于来自唐漫的质疑,柏安德鄙视地说:"我看不见,难道一个打翻仙人球还扎伤自己的人就能看见了?"

想起自己屁股上的伤,唐漫只好抿了抿嘴不再说话,谁叫自己没有事干去阳台吹风的呢,自作自受。

6. 接受徐玲珑的午餐邀请

第二天,苏慕言起来的时候发现两人居然直接趴在沙发上睡着了。

苏慕言将两人叫醒,只见柏安德猛地站起来,却因为跪太久脚麻了,直接摔了下去,幸好苏慕言眼疾手快地给扶住了。

只听见苏慕言轻描淡写地问道:"弄完了?"

柏安德看了看躺在那里一动不动的唐漫,嫌弃地说:"我弄了一个晚上都没有弄干净,而且有的插在里面弄不出来了,看来是要去医院了。"

一听要去医院,唐漫瞬间清醒,果断地拒绝:"我不要去医院,让你看见就已经很丢脸了,难道你们还想要全世界都看见我这么狼狈的样子吗?"

苏慕言看了看唐漫的屁股,忍俊不禁地说:"柏安德,继续。"说完就去做早餐去了。为了犒劳一下辛苦了一个晚上的柏安德，他还顺便帮他煎了一块牛排。

看见牛排的柏安德，瞬间将之前所有的矛盾顷刻间抛之脑后，对苏慕言大言感谢。

柏安德一吃完早饭又开始积极认真地帮唐漫拔着仙人球的刺，苏慕言离开的时候看了一眼柏安德，心想，果然只有肉是最好收买他的法宝。

周末，柏安德将苏慕言推醒，笑眯眯地说："苏苏，徐小姐邀请我们过去吃午餐呢。"

苏慕言迷迷糊糊地睁开眼，半晌之后，才问道："你答应了？"

柏安德想了一下，郑重地说："有人邀请我过去吃饭，我为什么不答应呢，放弃是对自己的不负责。"

"那还有和我说的必要吗？"苏慕言无奈地看了一眼柏安德，觉得他就是多此一举。

柏安德吐了吐舌头，欢快地蹦跶了出去，留下一句："我这不是通知你一下嘛，免得你还说我瞒着你。"

望着他离开的背影，苏慕言觉得柏安德现在的胆子好像越来越大了。

一到中午，柏安德和唐漫就按捺不住那颗激动的内心，结果到了徐玲珑家之后，发现桌上摆着的不过是一大盆方便面。

柏安德诧异地看了看桌上的那盆方便面，满脸嫌弃地说："这就是你说的大餐？"

徐玲珑不好意思地朝苏慕言笑了笑，有点难为情地解释道："你们要是觉得这个不好的话，那我再去附近的超市买一趟好了，因为之前跟你们说的大餐现在正在那里。"说着指了指厨房里的垃圾桶。

避免柏安德脑残地再问下去，苏慕言只好打断道："有吃的就可以，"然后微微一笑对徐玲珑说，"辛苦你了。"

见苏慕言这么讨好别人，柏安德不屑地将脸别到一边，轻声地说了一声"做作"，结果却恰好被苏慕言听到了，只听见苏慕言微微张嘴示意道："明天吃白菜。"

一听没有肉吃，柏安德整个脸都皱到了一起，勉为其难地坐下，然后拿起筷子不情不愿地开吃。

这时候徐玲珑发现唐漫一直站在原地不动。

徐玲珑生怕自己对哪位照顾不周，赶紧过去热情地招呼道："唐漫，快过来坐。"说话间还顺便帮唐漫夹了一大碗面。

唐漫看着碗里堆成小山的方便面，又瞄了瞄柏安德的碗，正打算将自己碗里的夹过去一些，就听见徐玲珑笑着说："你们慢慢吃,锅里面还有好多呢。"

柏安德看了看自己的碗,想象了一下锅里还有很多的样子,吞了吞口水,刚想说话就听见苏慕言说:"他们喜欢吃。"

徐玲珑看了看柏安德和唐漫,尴尬地笑了笑,不再说话。

7. 苏慕言出差了

下午两点半,柏安德和唐漫互相搀扶着往自己那边走着,柏安德忍不住感叹道:"唐唐,以后你还想不想去隔壁?"

唐漫有气无力地看了一眼柏安德,气愤道:"当初我拦着你不要答应,结果你说苏慕言学长需要多接触女性,否则嫁不出去,现在知道厉害了吧。"

柏安德长叹一口气,懊恼地说:"我要是知道后面他们两个交流感情,让我们收拾残局,我发誓,我绝对不会答应得那么爽快。"

唐漫冷哼一声,扶着自己的腰艰难地走回房间,留下吃得更多的柏安德扶着墙在后面慢慢挪动着回来。

随着《WOW》杂志销量渐渐转好,苏慕言想是不是要去出个差,主要是出去见见世面,好好了解一下外面的漫画杂志市场,获得一些对《WOW》有益的经验和方法。

毕竟现在距离上头给的半年的时间已经越来越近了，要是没有好好地再拼一把，让杂志的关注度再冲一把，恐怕就没有什么时间了。

晚上回去后，趁着大家坐在一起吃饭的时间，苏慕言停下筷子，郑重地说道："我打算出差十来天。"

柏安德显然没有反应过来出差是什么意思，只能听着一旁的唐漫拍着胸脯保证道："放心吧学长，我一定会好好在家画画，然后等你回来的。"

这下柏安德听懂了，立即问道："你要走，你要去哪里，苏苏，你不在了我怎么办？"

苏慕言嫌弃地看着柏安德，淡淡地说："我只是出去十来天，会回来的。"

"可是我还是不舍得。"柏安德赶紧挤出几滴泪，用来煽情。

哪知道，苏慕言完全看都不看，低头开始吃着饭，冷淡地哼了一声算是对柏安德舍不得的回答。

后面柏安德都不敢使劲夹肉了，唐漫不得其解地问道："柏安德，你怎么不吃肉了？"

柏安德委屈地看了一眼苏慕言，撇了撇嘴忧伤地说："因为，现在得省着点吃，不然他一走我就要等上十来天才能吃肉，万一他贪玩再溜达个几天,可能半个月都过去了,我只能先存着,有备无患。"

一旁的苏慕言听到柏安德的这番言论,心想,果然,他不是舍不得自己,是舍不得肉。莫名地觉得有些心酸,自己养了他这么久,还是看见肉就是大爷,没有一点气魄。

苏慕言一吃完就立即回房间整理东西。

留在饭桌上的两人面面相觑之后,互相嫌弃地说:"是不是因为你没有遵守约定去丢垃圾,苏苏嫌弃我们邋遢了,所以抛弃了我们。你说他一走谁来帮我们打扫卫生。"

唐漫不屑地冷哼一声:"你怎么不说是因为天天吃肉,苏慕言学长吃腻了,想出去吃得清淡一点呢,现在看你去哪里吃肉。"

最终两人无休止地争执到半夜也没有结果,只得各自郁闷地回去睡觉。

苏慕言提着东西离开的时候,柏安德和唐漫纷纷泪眼婆娑相送,他想,要不是自己早就知道他们心里怎么想的,恐怕也会被他们这样神乎其神的演技给欺骗了吧。

见无论如何都挽留不了苏慕言,两人只好收起眼泪,转身回去,任由苏慕言一个人孤身离开。

苏慕言望着远去的两个人,心想,自己好歹对他们也不薄,他们居然就这么直接地将自己给抛弃了,简直……

叹了叹气,苏慕言拉着行李在没人注视的风景里,孤独地离开。

第八章
来了一个小侄儿

1. 孤苦伶仃的两个人

苏慕言才走一天,房间里的两人躺在床上午睡了一会儿,一觉醒过来后,谁也不愿意动一下。

过了一会儿,柏安德懒散地躺在沙发上,有气无力地催促着唐漫:"唐唐,苏苏没有将垃圾丢出去,辛苦你去丢一下吧,我不喜欢出门的。"

只听见唐漫躺在沙发的另一边,闭着眼睛漫不经心地说:"你那么厉害,都可以上天了,丢个垃圾几分钟的事情啊。"

柏安德无奈地说:"我倒是想上个天试试啊,可是你又不给我热一下菜,让我好好补充一下体力,我现在哪有力气上天啊。"

"那也不关我的事。"说完,唐漫又打算闭着眼睛想要睡觉了。

可能是听出了唐漫言语中的困倦,柏安德赶紧从那边坐起来,爬到唐漫这边,认真地说:"唐唐,要不我们石头剪刀布,谁输了谁就丢垃圾。"

唐漫犹豫了一下,终是爬起来配合柏安德幼稚的决定。

结果在两人同时平局了十多次之后,唐漫气急败坏地一甩手,烦躁地说:"不玩了,你要是嫌弃你就去丢吧,反正我觉得挺好的。"

见唐漫这么说,柏安德也接着他的话说:"那我们就这样睡十多天吧,节省体力,还不会弄脏房子。"

这话说出去还没有十分钟,柏安德的肚子就饿得"咕噜咕噜"直叫,他只好又把唐漫叫醒:"唐唐,我们去买吃的吧。"

唐漫打着哈欠迷迷糊糊地醒过来,抿了抿嘴说道:"我下去买方便面,你要吗?"

柏安德回忆起不久前在徐玲珑那里吃的那一顿,顿时失了兴致,颓废地躺在沙发上:"你确定你看到泡面不想吐吗?我收回之前对它的夸奖,它简直就是披着华丽外表的毒药。"

"那我们就不吃吧。"听到自己唯一会的技能被柏安德嫌弃了，唐漫决定自我放弃。

在毒死和饿死之间纠结了半天之后，柏安德终于痛下决定，视死如归道："那就……吃泡面吧。"顺便提醒道，"少买一点，垫一下肚子就好。"

看着躺在沙发上的柏安德，唐漫无奈地摇了摇头，出去买泡面，哪怕现在他看到泡面也想吐。

唐漫一离开，苏慕言就打来了电话，意思是叮嘱他们千万不要忘记丢垃圾，顺便提醒他冰箱里好像还有一些肉，可以拿出来弄着吃。

可能是真的太饿了，一听苏慕言说冰箱里有肉，柏安德立即兴奋地跑去将里面的那两块肉拿出来晾在一旁。

唐漫回来看见厨房摆着的那两块肉，倒也没问什么，让柏安德开了煤气之后，迅速将泡面煮好。

端着唐漫煮的那碗泡面，柏安额忍不住赞叹道："你煮得怎么比徐玲珑煮的好吃这么多啊。"

"因为爱情。"唐漫条件反射地说了一句，吓得柏安德连连往后退，端着面远远地对唐漫说："不要以为你留了长头发就是女的了，我是不会喜欢你的。"

唐漫倒是白了他一眼，不想和他说话。

到了晚上，两人又开始出现饥饿状态，就在两人开始为吃的发愁的时候，柏安德想起来厨房的那两块肉，提议把它煮了。

唐漫想了一下说要烤着吃，最终两人因为意见不合，直接将肉重新放回了冰箱，接着吃泡面。

吃完泡面后，柏安德说要看动画片，结果唐漫说要看电视剧，意见不合，两人关了电视开始刷手机。

柏安德得意地对唐漫说："你看看，我的粉丝比你的多。"

唐漫不屑地说："苏慕言学长临走前交代过，不能让你随便玩微博，不然就……"说着唐漫一下忘记了想说的话，想了半天终于想起来之后，皱着眉头说："好像是不给你肉。"说完，他也没有弄明白苏慕言留下这句话的意义到底在哪里。

柏安德想，不看就不看，于是蹭到唐漫那里对着他的微博评论发表着看法，时不时地冒出一句：天哪，你居然也有人喜欢；天哪你都这么说了，你的粉丝居然不关心你一下。

最后念叨到唐漫完全没有看下去的欲望之后，烦躁地说："柏安德，你走开，我要睡觉了。"说完直接在沙发上躺下，盖上被子睡觉。

柏安德一脸委屈地看着他敏捷动作，忧伤地说："不准人家玩微博就算了，连看看都不行，小气得要命。"

说着，往房间走去。

接下来的日子里，一天中午，两人在吃泡面的时候又发生了争执，结果一个折腾，柏安德手中的那碗面就直接泼在了沙发上。

吓得柏安德对着那团面整整看了三分钟，才回过神来，说道："唐唐，我觉得我们可能有大危机了。"

唐漫看了看那团面，赞同地点了点头。

到了离苏慕言回来的倒数第二天的时候，柏安德躺在沙发的一角，对着沙发另一头的唐漫说："唐唐，我们房间怎么有股奇怪的味道啊？"

唐漫指了指地上的垃圾，漫不经心地说："因为我们没有丢垃圾，这点味道还是好的了，你要是嫌弃你就去丢吧。"

柏安德看了看地上，嫌弃地否定了，忽然他又像是想到了什么，问道："唐唐，桌上的是我们最后两个干净的碗了，明天我们怎么办啊？"

"苏慕言学长不是说明天就会回来吗？不着急的，也就忍受这一天了，我们就当减肥吧。"唐漫精明地说。

2. 变成垃圾场的房间

等到苏慕言回来的时候，一开门就看见房间里的两个人一脸期盼地看着自己，原以为他们是因为自己回来而感动，结果他还来不及夸奖他们，就看见他们直挺挺地跪到自己面前，吓得他以为是自己走错了，赶紧关上门出去。

直到他站在门外稍微缓和了一下情绪之后，才鼓起勇气再次打开门。

这次他一开门依然看见唐漫和柏安德都跪在地上，经过了一段时间的确认之后，苏慕言终于相信这一切都是真的。刚想绕过他们进去，就被他们两个人抓住双腿，苏慕言皱着眉头问道："几天不见，这是，疯了？"

只见柏安德讨好似的笑着说："苏苏，我希望你进去看见这一切之后，还能够心平气和地和我说话，顺便给我肉吃。"

唐漫一听柏安德一说完，赶紧接着说道："苏慕言学长，你千万不要发火，你看到的这一切都不过是幻觉，请你一定不要相信。"

苏慕言觉得一种不好的预感瞬间袭来，只见他轻描淡写地掰开腿上的两个人走进去，他发现去之前还是白净无比的沙发上不知道什么时候多了一摊油渍，垃圾被丢得到处都是，茶几上还摆着两个没有洗的碗。

一向喜欢干净的他，看到这一切的时候只觉得头痛，本来想去厨房的冰箱里拿瓶水喝一下，结果发现洗碗池里面的碗已经堆成了一座小山了。

合着自己不在的这些天，他们就什么事都没有干吗？

苏慕言黑着脸从厨房出来，本来想在沙发上坐一下，却在看见那团油之后，站到了一边，冷冷地说："现在、立刻，给我搞卫生。"

本来柏安德还想为自己辩解几句，重点是可以要到肉也好，自己已经饿了一天了，可是在看到苏慕言的脸色之后，只能乖乖地去拿扫把。

一旁的唐漫见机行事，果断地去厨房洗碗。

见他们已经在打扫卫生，苏慕言打了个哈欠，直接回了自己房间，本来是打算好好补个觉，但是还没有睡着，就听见柏安德在门外哀求："苏苏，我好饿，为了等你回来，我都已经饿了三天三夜了。"

苏慕言想装作没有听见，可是门外的柏安德却锲而不舍地一直在说，实在没有办法的苏慕言只好打开门说道："什么时候打扫到我满意，我就什么时候给你们做。"

说完又干净决绝地将门关上。他想，自己在外面出差辛辛苦苦地考察着当地的一些情况，结果他们在家里悠闲自得不说，还把自己家搞得和垃圾场一样，自己怎么能够原谅？

想起实地考察，苏慕言忽然想到了一件事，打开门问道："你们这个月的画稿画完了吗？"

一说起画稿,柏安德立即低头不说话,认真地开始干活。

至于唐漫在厨房,像是没有听见一般,开始哼起了歌。他们心里都在想,要是让苏慕言知道他俩连画笔都没有碰,恐怕会被苏慕言直接运到撒哈拉沙漠铲沙子吧。

看到他们的表情,苏慕言心里早就有了答案,淡淡地说:"今天晚上都别睡了。"

一句话说得极为轻巧,但是听在柏安德和唐漫的耳朵里,简直就是晴天霹雳。

晚上吃饭的时候,苏慕言看着柏安德一个人连着吃了三碗之后,撑到都站不起来了,才满意地放下碗筷。

又看了看唐漫,唐漫虽然吃得慢了一点,但是食量也增加了不少。

一种来到了贫民窟的错觉从心里蔓延开来,苏慕言诧异地问:"你们半年没吃饭了吗?"

只见柏安德一脸委屈地在苏慕言面前控诉道:"你是不知道,本来在徐小姐那里吃过泡面之后,就已经对我造成了心理阴影,结果还紧接着吃了半个月。"

苏慕言也想起了那天的"大餐",轻咳一声,专心吃着碗中的饭不再说话。

晚上,苏慕言早早地去睡了,留下柏安德和唐漫在客厅里画画，还跟他们说明天要画到那里，否则就等着吃泡面。

许是受泡面的荼毒太深了，柏安德忍不住制止道："苏苏，我求你再也不要说起这几个字，听着我浑身都疼。"

苏慕言但笑不语地看着他，心想，现在自己手里还多了一张除了肉之外的王牌了。

3. 原来是背着大家和徐玲珑约会

因为出差了半个月，除了能够利用邮件处理的工作之外，别的还是都得等他来做，而且出差完还得有一些报告啊、心得体会啊，需要和大家分享。

于是，苏慕言第二天就直接奔赴杂志社。

留在家里的唐漫和柏安德，看着除了沙发还没有处理外，顿时焕然一新的家，柏安德忍不住夸奖道："怎么感觉我们来到了一所新房子一样。"

唐漫不乐意地讽刺道："因为你是智障。"

突然唐漫对着微博尖叫道："天哪，苏慕言学长骗了我们，他居然以出差为借口，去和徐姐姐度假。"

柏安德不相信地凑过来，果然微博上有一张苏慕言和徐玲珑的照片，虽然只是单纯地站在一起，但是谁知道有没有发生些什么呢。

两人对望了一眼，顿时有种了然于心的感觉，只是看底下的评论就不怎么好了，说苏慕言居然利用出差之便潜规则了下属，什么揭露苏慕言的情史，重点是他们两位居然还榜上有名。

柏安德忽然开口问道："你说到底是苏苏潜规则徐小姐，还是徐小姐潜规则苏苏？"

面对柏安德的问题，唐漫郑重地想了一下，然后对他说："以目前的形势来看，我觉得这两种可能性的几率是一样的。毕竟如果是潜规则，苏慕言学长何必这么想不开要去找她呢？"

柏安德点了点头，觉得唐漫分析得好像挺对的，直接下了定论说："那就是我们苏苏被潜了，毕竟，徐小姐早就对苏苏有想法了。"

想到这里，柏安德不可置信地说："天哪，苏苏居然为了杂志牺牲这么多。"

唐漫也跟着在一旁感叹道："我亲爱的苏慕言学长，既然你都这么努力了，我们就没有理由颓废了。"

于是，在这种情绪高涨的情况下，本来昨晚画到很晚睡到中午才起来的两个人，立即又重新回到了画板前，开始画画。

两人一边画画一边聊着徐玲珑和苏慕言的事情，忽然唐漫开口问道："为什么我们一定要在画板上画啊？"

柏安德显然被这种专业性的问题问得蒙了，想了一会儿说道："因为，这样显得自己比较有学问。"心想，自己总不能告诉唐漫说，其实自己不会用电脑画画吧，这样自己好不容易在唐漫面前建立的专业形象会顷刻间倒塌的。

苏慕言回来的时候，看见两人居然如此自觉地在画画，有些震惊地问道："你们吃药了？"

两人听见声音，纷纷转头看向他，眼神异常坚定。

"吃错药了？"苏慕言被两人这么整齐一致的目光给吓到了，不解地问。

尴尬了几秒钟之后，柏安德站起来，恭恭敬敬地鞠了个躬，说道："苏苏，你辛苦了。"

苏慕言被弄得更加一头雾水了，皱着眉头看向唐漫，只见唐漫也站起来，举着三根手指保证道："苏慕言学长，我发誓以后一定好好画画，减轻你的负担。"

听见两人这么慷慨激昂的一番陈词之后，苏慕言尴尬地笑了笑，疑惑道："你们会这么懂事听话？"

柏安德摆了摆手，一脸无所谓地说："这都不重要，主要是苏苏你真的辛苦了，不过幸好还有徐小姐肯帮你。"

"你在说什么？"苏慕言皱着眉头问道。

唐漫站出来解释："别害羞，我们都知道了，虽然你抛弃我们出去和徐姐姐单独旅行是有点可恨，但是看在你是为了公司，为了杂志，为了千千万万的读者，我们也一定会支持你的。"

"什么？"

柏安德走过来拍着苏慕言的肩膀说："别装傻了，我们都知道了。"

苏慕言皱着眉头不再说话，自己今天上班被问了好多问题就算了，一回家两人还这样神经兮兮地吓自己。

只见唐漫掏出手机，点开微博相册，递到苏慕言面前，一副了然于心的模样说："照片都出来了还不承认。"

苏慕言过去一看，只见那是自己在外地出差时的照片，瞬间反应过来两人是在说什么，冷着脸说："我们不过是出去办事，走在一起也是正常，不是你们想的那样。"

柏安德冷哼一声，说道："那你为什么不带上我呢，不用解释了我们都知道的。"

苏慕言也不打算解释，只好将包放在一边，回头对他们说："记得想办法把我的沙发弄干净，否则你们就等着扣稿费吧。"说完径直去了厨房。

次日，苏慕言坐在办公室看稿子，结果徐玲珑突然闯进来，战战兢兢地说："苏总，都怪我说想去学习一下，然后不要脸地跟着你一起去出差，请你好好地处罚我，写检讨扣钱我都愿意的,只要你不开除我。"

苏慕言缓缓地抬起头,问道:"什么事?"

徐玲珑站在那里捏着衣角半天说不出一个字,等得苏慕言都有些不耐烦刚想开口的时候,徐玲珑忽然认错道:"抱歉,出来那样的照片让苏总困扰了,但是我真的不知道有人偷拍,否则,我一定离得远远的,再也不出现,我……"

"没事。"苏慕言打断道。

徐玲珑不可置信地看着苏慕言,问道:"苏总知道我说的是什么吗?"

"我知道。"

"那苏总,你不怪我?"徐玲珑皱着眉头问道。

只见苏慕言郑重地说:"这件事情对你的生活肯定也造成了困扰,还请你不要去在意,反正不是什么大事。"

一听苏慕言都不在意,徐玲珑立即笑着说:"既然苏总是这样想的,要不今天晚上我请你去我家吃大餐吧。"

苏慕言想了想前一次的所谓大餐,愣了半分钟之后,咧出一个笑容,说道:"今天晚上我还要监督他们两个画画,所以还是不去你那里打扰了。"

听到自己的邀请被拒绝,徐玲珑本来是有些伤心的,但是看到苏慕言刚刚对她微笑之后,顿时觉得一切的狂风暴雨都算不得什么。随后她满面春风地走出去，心想，果然住得近还是有好处的，至少苏慕言还从来没有对杂志社的其他人微笑过。

4. 让唐漫难以启齿的请求

近一周最新的杂志一出来，就收到了好多调查表，这还是苏慕言接手《WOW》以来，第一次受到了这么多的关注。于是在开早会的时候，苏慕言郑重地跟大家说明了这个情况，同时希望大家能够鼓足干劲，将《WOW》推向更广大的天地。

虽然一番话说得极为官方，响应的人却不少，表示一定会尽自己所能成就《WOW》。

回到家中，苏慕言特意给柏安德加了一份烤猪排。

看着桌上的烤猪排，柏安德谨慎地问道："苏苏，你不会是想让我另外再画一本，两本同时更新吧。"

苏慕言看了一眼柏安德，淡淡地说："在你眼中，我就不会关心你吗？"

柏安德认真地想了一会儿，然后郑重地点了点头说："差不多吧，反正都不重要。"

苏慕言心想，既然不重要，那你有什么好问的。只见苏慕言将一碗糖醋排骨推到唐漫面前，对唐漫说："好好努力画画，其实你好好画，还是有前途的。"

被苏慕言一表扬，唐漫赶紧端正坐姿，认真地说："我一定不会让苏慕言学长失望的。"

柏安德鄙视地看着两人，不就是画得稍微好了一点吗？有什么好嘚瑟的，我画得不是比他的强那么多吗？怎么就一块猪排，他的却是一碗。

虽然不是很高兴，但是看着平白无故加的那块猪排，柏安德自然不会拒绝，准备慢慢地享用。

周末，柏安德在看动画片，苏慕言在做饭，而正在画画的唐漫忽然接到一个电话，脸险些皱成了一团，心情郁闷地想着要怎么和苏慕言说这件事。

这时候从厨房出来的苏慕言发现了唐漫的变化，问道："怎么，有事？"

唐漫看了看苏慕言，欲言又止道："没事。"

苏慕言也不追问，只是拍了拍唐漫的肩膀，郑重地说："既然是朋友，有什么困难可以说出来的。"

唐漫勉强地笑了一下，说："谢谢学长。"

忽然柏安德从唐漫的后面钻出来，一惊一乍地说："哈，又不是什么大事，有什么不能说的。"

"你偷听我电话？"唐漫皱着眉头问道。

柏安德不屑地说道："喊，声音这么大，还用得着偷听，整个房间都能听到好吗？"

当然柏安德没有意识到，自己是豹子，所以听力会比别人要好得多。

此刻的唐漫以为苏慕言学长知道了这件事，心里暗自后悔，早知道就不用装矜持了，害得苏慕言学长觉得自己没把他当朋友。

吃饭的时候，唐漫左看看，右看看，终究不敢说出来。

这时候一旁的柏安德漫不经心地说："苏苏，唐唐家好像有人要来云出市，据说是他儿子。"

苏慕言震惊地抬头看过去，看向唐漫的眼神似乎在问，你什么时候都有孩子了？

见自己的事情被柏安德曝光，唐漫只好勉强地微微一笑，解释道："是我外甥，我姐说要出去办点事，刚好路过云出市，所以想让小轩来我这里住段时间。"

唐漫一边说一边观察着苏慕言的脸色，见苏慕言一直没有说话，赶紧继续解释道："当然，我不会这么麻烦苏慕言学长的，我一定尽快出去找房子，毕竟我来这里就已经打扰到你了。"

"没事。"

听苏慕言说了这两个字，唐漫顿时心里就凉了一截，看来自己住在这里真的打扰他了，不然学长怎么会这么说？

吃完中饭，苏慕言就听到隔壁房间传来一些奇怪的声音，鉴于他们之前的一些前科，心里顿时觉得有些不安。

打开门，发现唐漫正在整理东西，柏安德率先看到苏慕言的到来，忍不住发言："苏苏又没有叫你走，你怎么这么自觉啊？"

"你在做什么？"苏慕言沉声问。

唐漫诧异地回头，心想，难道是自己理解错意思了，苏慕言学长的那句没事，不是让自己走的意思吗？

苏慕言看了他一眼，冷漠地说："你外甥过来的时候告诉我一声。"说完，潇洒地转身离开。

唐漫愣在那里，半天才回过神来，不解地看向柏安德，问道："苏慕言学长这样到底是什么意思啊？"

柏安德凑到唐漫耳边，轻声说："他呀，就是这点毛病，你不用在意的。"说完冲着门外喊道，"现在他恐怕是在想要不要让出自己的房间给你的……"

说到这里，柏安德停顿了一下，想了半天，说道："儿子？"

唐漫直接给了柏安德一记栗爆，强调道："外甥，我这么年轻帅气，怎么可能有儿子。"

"那就是外甥咯，反正都不重要。"柏安德不以为然地撇了撇嘴，转身出去找吃的。

5. 折腾的开始

在唐漫外甥没有来的时候,柏安德还满怀期待。结果来的第一天,因为苏慕言去上班,柏安德和唐漫两个人去火车站接的他,临走时,唐漫的姐姐忍不住提醒道:"他很调皮哦。"

柏安德立即客气地说:"他长得这么可爱,怎么会调皮呢?"心想,就算调皮,难道还能比自己小时候调皮?

唐漫只在旁边尴尬地笑了笑,他外甥的闹腾他是见识过的,所以才会在一开始他姐姐说要送过来的时候,这么难以启齿。

苏慕言下班回家,一开门就看见柏安德正在和一个小男孩在地上打滚,皱着眉头绕过去。

这时候,小男孩看见苏慕言,立即扑到他身上,叫道:"大哥哥,你好。"

听见他叫苏慕言大哥哥,柏安德微微眯起眼睛,不服气地想,为什么叫自己叔叔,而苏慕言一回来就是大哥哥呢?不过细想一下,好像自己年纪是挺大的。

苏慕言尴尬地推开他,尴尬地笑了笑,说:"你好。"

唐漫在一旁听到外甥的称呼,赶紧纠正道:"小轩,叫叔叔。"

小轩似乎没有弄明白唐漫说什么,只见他转过头对着唐漫嫌弃地说:"这都还要吃醋,有没有一点男子汉的风度了。"

弄得一旁的柏安德扑哧一笑,鄙视道:"天哪,唐唐,你居然被一个小孩子看不起。"

唐漫冷哼一声不再说话,委屈地想,明明自己是好心不想占苏慕言学长的便宜,怎么还变成我小气了呢?

当然,柏安德也没有高兴太久。在饭桌上,柏安德正好去夹一块肉,这时候,小轩幽幽地说:"柏叔叔,肉里面有胆固醇,你这么笨是因为智商都被油包住了的原因吗?"

他伸出去的筷子顿时停住,转向一旁的白菜。

唐漫忍俊不禁,却还是故作严肃地教训小轩:"瞎说,有些事情我们自己知道就可以了,说出来多伤人家的心啊。"

柏安德还是第一次在吃肉的时候被人这样说呢,冷哼一声,整个晚上筷子都只往那盘白菜里伸。

晚上,苏慕言在自己房间里加班的时候,门忽然被人打开,转身一看就看见小轩拿着画笔,站在门口问道:"大哥哥可以教我画画吗?"

苏慕言笑着拒绝:"你身后的爷爷画得最好,你让他教你吧。"

一听苏慕言这么说,唐漫赶紧转头寻找他说的那个爷爷,结果只看见了柏安德一脸阴沉地站在后面,忍不住佩服苏慕言,毕竟还没有人敢这样说别人吧。

果然柏安德生气地将脸别到一边,不屑地说:"爷爷老了,折腾不来。"

原来,就在刚才,小轩成功地将柏安德今天下午画的画全部给毁了。要不就是加个机器人,要不就是画个星星月亮,看得柏安德心里一阵抽痛。

他终于理解了唐漫姐姐离开时说的那句话了。

果然,只见小轩转过身来,对着柏安德极为认真地说:"爷爷,请你教我画画吧。"

柏安德气得差点背过气去,只好板着脸说:"我绝不可能教你,找你舅舅。"说话的时候特地将爷爷两个字咬得很重。

小轩不屑地看了一眼唐漫,鄙视道:"就他?我以前大班的时候就有人比他画得好了,真为他的领导担心。"

"这倒也是。"

见到唐漫委屈地看向自己,苏慕言只好扁了扁嘴,轻咳一声:"没事就出去吧,我还有事要忙。"

这么明显的逐客,大家当然都听懂了,但是没想到小轩完全就不在乎这些,走到苏慕言身边撒着娇:"大哥哥,我想画画。"

　　为了保持在孩子心中的良好形象，苏慕言只好眼神犀利地看向唐漫，果然，只三秒钟他就明白了苏慕言的意思，跑过去抓住小轩就离开了房间，顺便还让苏慕言把门反锁。

6. 游泳馆一日游

　　因为没有人教自己画画，小轩觉得相当无聊，正好柏安德的床头柜上摆着一张景点宣传单，连忙问柏安德："柏爷爷，这些都是什么地方啊，我能去吗？"

　　柏安德将脸一板，严肃地说："叫叔叔。"

　　哪知道小轩冷哼一声，骄傲地扬起下巴，直接来到苏慕言的房间，笑着问道："大哥哥，我可以去这些地方吗？"

　　苏慕言随意地看了一眼，回答道："当然可以。"

　　"那大哥哥现在陪我去吧。"小轩满脸期待地问道。

　　苏慕言显然没有预料到这么突如其来的要求，想了半天后，摸了摸他的头，狠心拒绝道："去找你舅舅吧。"

　　小轩委屈地说："舅舅说，要是我现在再靠近他那边一步，就把我腿打断。"

　　苏慕言这才想起来，在上次他毁了柏安德的画之后，又顺利地毁了唐漫的画，导致唐漫直接将他暴打一顿，还是自己去解的围。

面对小轩那张充满期待的脸，苏慕言最终还是没忍心拒绝，只好勉强地扯出一个微笑，答应下来。

看着他高兴得跳起来的身影，苏慕言在心里安慰道，只是成全了一个孩子此刻的梦想，却完全没有想过，自己其实很久没有好好放松一下了。

四人走到路上的时候，落在后面的柏安德小声地问道："唐唐，你确定你姐姐和苏苏没有见过面？"

唐漫诧异地看过去，柏安德长叹一口气，感叹道："那为什么这小屁孩这么黏苏苏，我都开始怀疑他是不是苏苏年少无知时发生的意外。"

"可能是年龄比较接近吧。"

这回轮到柏安德震惊了，不解地看向苏慕言，心里疑惑，怎么看他们年龄也不在一个阶段啊。

只听见唐漫淡淡地解释："我一直怀疑苏慕言学长还是处男。"

这下柏安德终于弄懂了，笑着点头表示同意，哪知道这时候感觉到后面两人好像在说自己的苏慕言猛地回头，吓得柏安德猛地一下将自己绊倒。

原来就在他们讨论的时候，苏慕言和小轩也在聊着天，忽然小轩严肃认真地问苏慕言："你有没有觉得我舅舅和柏爷爷在谈恋爱？"

苏慕言这才转身看过去，果然见他们正有说有笑，难道他们真的在自己不知道的时候已经暗度陈仓了？这也太……苏慕言只觉得自己头有些痛，虽然自己见过业界不少的人有这样的嗜好，但是都在自己身边也……

转念一想，苏慕言又觉得好像不是没有可能，在自己上班的时候，他们有事没事就串门，重点是还有上次的视频作为证据，他不敢再想下去了，转身牵着小轩继续走，毕竟证明他们关系的证据实在是太多了。

见苏慕言转过去，柏安德这才松了一口气，心里只在祈祷，千万不要被苏慕言听到自己这样议论他，否则自己恐怕又要断粮了。

当苏慕言和小轩在游泳馆停下的时候，柏安德顿时感到压力，作为一只豹子，虽然是为数不多会游泳的猫科动物，可是众所周知，豹子是很讨厌水的。

所以，在其他三人都已经换上泳衣的时候，柏安德还站在门口不愿进去。

唐漫以为柏安德是害羞，不以为然地说："没人会看你。"

知道自己被鄙视了,柏安德只好瞪了他一眼,气急败坏地拿着衣服进了更衣间换衣服。

这时候,苏慕言从旁边走过来,淡淡地问道:"怎么回事?"

只见唐漫撇了撇嘴没有说话,苏慕言郁闷地看了看柏安德离开的方向,低头对小轩说:"我们走吧。"

等他们都到水里面溜达了一圈之后,柏安德才慢慢吞吞地从更衣间走出来,找了个地方坐下,然后找着他们三人的身影。

发现苏慕言的时候,柏安德心里一阵惊讶,平时看苏慕言清清秀秀,虽然板着一张脸,看上去还是很瘦的样子,但是没想到腹肌、人鱼线居然都有。

然后看向唐漫,一边看着一边比较着,腹肌没有自己的多,人鱼线没有自己明显,肌肉线条没有自己的优美……

就在柏安德一个人在那里想着唐漫还有什么地方比不上自己的时候,刚刚游回来的苏慕言见他在岸边一直不肯下来,问道:"你不下来?"

柏安德想自己总不能承认说自己不想下水吧,只能敷衍道:"我等下再来。"

"不会游泳也没关系,我们又不会笑话你,"唐漫嘲笑道,"要不你也像他一样。"说着指了指小轩的方向,只见他正在游泳圈里玩得相当有兴致。

柏安德觉得自己受到了这辈子最严重的鄙视，而且还是被一个自己认为哪里都比不上自己的家伙鄙视。

　　他将身上的浴巾往旁边一丢，完美的一个起跳，犹如离弦之箭扎进了水中，紧接着就看见他在泳池里以迷倒万千少女的优美姿势游到了对面，顺便回头挑衅地看着唐漫，然后干净利落地离开了。

　　只见唐漫撇了撇嘴，无趣地到一旁和自家的小外甥玩去了。毕竟他想要是柏安德不会游泳，倒是让自己有了一个值得骄傲的特技呢。

　　苏慕言在岸上看着两人之间的暗流涌动，更加怀疑他们之间的关系，莫非这就是所谓的两人之间的名誉之战？

　　苏慕言看向陪着小轩在玩的唐漫，开始觉得他好像还真的像个女的，嫌弃地闭上眼睛，想着自己在业界混了这么多年，身边居然养了这样两个人。

7. 慕言受到了惊吓

　　第二天，小轩吵着要去游乐园的时候，苏慕言内心是拒绝的，一想到过山车之类的东西只觉得头痛。

　　无奈的是旁边两个大人比小轩还要激动，苏慕言只好勉强答应，一种带着三个孩子的即视感让他有些惶恐。

到达游乐园之后，苏慕言尽量站在旁边不说话，以求降低自己的关注度，这样的方式让他安然地度过了前面的一段时间。

可是这样的情况并没有持续到结束，就在玩得差不多的时候，小轩忽然提议说要玩过山车。

苏慕言一听到那三个字就立即放慢脚步，任由他们三个人在前面，一个人默默地走到了后面，心里祈祷着不要注意到自己。

但是他还没有退后三步，小轩就发现苏慕言不见了，连忙回过头来找，看到之后立即跑过来拉着他的手，说："大哥哥，我们去坐过山车吧。"

苏慕言勉强地笑了笑，一脸认真地说教道："过山车太危险了，你年纪还太小，要不等你长大了再去玩好不好。"

还是第一次听见苏慕言这么温柔的说教，唐漫立即热情地配合道："对对对，苏慕言学长说得真好，我也觉得小孩子不应该去玩那种东西，那就我们去吧。"

本来听着前面苏慕言还挺欣慰的，毕竟自己不是在唱独角戏，听到后面就觉得不对劲了，莫名地觉得一阵阴风乍起。

小轩听到舅舅想不带上自己，委屈地问道："你们居然不带上我？"

听到小轩这么一说，苏慕言立即反应过来，连忙找着台阶下去："是我们来玩，还是陪小轩？"

柏安德连忙见缝插针："那就尊重小轩的选择，我们去玩过上车吧。"完全不在乎苏慕言怎么回答，说完直接就抱着小轩朝着过山车走去。

苏慕言望着他们离开的背影，心里一阵酸楚，合着自己说了这么多完全没有半点作用，哀怨地长叹一声，不情不愿地跟着他们一起走。

本来苏慕言想着跟着他们坐在后面也好，但是没想到，小轩直接坐在最前面，然后占着旁边的位置冲自己喊："大哥哥，快来，我特意为你占的。"

面对这么热情的呼唤，苏慕言只好硬着头皮走过去，强装镇定地坐上位置，深吸一口气不再说话。

等过山车一启动，苏慕言就紧紧地将眼睛闭上，只听见柏安德在自己后面的欢呼声，还有旁边小轩的尖叫声，一直到结束，苏慕言没有睁开过一次眼睛。

等到下来的时候，苏慕言只觉得腿软，完全站不稳，只能故作镇静地坐在椅子上缓了一分钟，才板着脸从上面下来。

回去的路上，苏慕言脸色苍白地开着车，听着他们三个讨论着今天的一些事情,突然小轩转头对苏慕言说:"大哥哥好像什么都不怕呢,连玩过山车都没有尖叫一声。"

听见自己得到了这么高的评价,苏慕言尴尬地笑了笑,含含糊糊地应了一声,便不再说话。

就在大家都以为苏慕言很厉害的时候,柏安德毫不留情地拆穿了他的伪装。

因为晚上,当大家在吃饭的时候,柏安德夹了一块肉到自己碗里,只见他刚吃进去就吐了出去,不满道:"苏苏,你今天失恋了?这菜咸得我都快哭了。"

苏慕言完全没有听到柏安德说了什么,一直在认真地吃着自己碗里的饭,吃完后就立即洗漱回到自己房间。

旁边的两个人看见苏慕言这样的状态,还以为出了什么大事,去敲门却发现苏慕言居然把门反锁了。

正当两人商量怎么把门砸了进去的时候,里面传来苏慕言的声音:"砸门进来的话下个月的稿费你们看着办。"

本来已经做好预备动作打算冲过去的两个人,立即停下了脚步,对视一眼,悻悻地回到沙发上陪着小轩看动画片。

瞧着两人回来的动作,小轩漫不经心地说:"可能今天让大哥哥看见了你们的智商,决定不与你们为伍了。"

两人相当默契地一起转头瞪着小轩,弄得小轩只好尴尬地吐了吐舌头，转过头认真地看着电视。

8. 唐漫眼中的狗狗再次出现

第二天，苏慕言没有去上班，不过因为他本来就是总编，倒是不用和谁去请假，就连通知都不通知他们一声。

早上他脸色苍白地起来，唐漫率先发现了他的变化，赶紧过去询问道："苏慕言学长，你这是怎么了，晚上梦见女鬼了？"

只见苏慕言看了一眼他，淡淡地说："我确实梦见你了。"

本来还在为被苏慕言梦见而高兴的唐漫，却在想清楚了前因后果之后，又不好对着苏慕言发火，只能对着桌上的早餐发泄。

在饭桌上，听见他们这么有精力地要去动物园，苏慕言连忙用"昨晚工作到半夜，今天想要睡一会儿"作为借口没有随着他们一起去，总不能和他们说自己是因为昨天的过山车造成的后遗症吧。

晚上回来的时候，苏慕言看见唐漫一个人走在前面，仔细一看只见唐漫后面跟着一只豹子，而豹子背上居然是小轩。

苏慕言盯着三人奇怪的造型，心想，明明自己早上送走的是三个人，怎么回来就多了一头坐骑？

原来，苏慕言今天在家里整理心情的时候，发生了一系列的事件。

三个人刚走在路上就开始后悔，想着，应该把苏慕言给叫出来的，毕竟前两天他们都是坐着豪华轿车出来玩，今天去看动物，就只能挤公交，失落感油然而生。

刚进动物园之后，大家就被那些奇特的动物吸引，想着苏慕言没有来真是可惜。

几个人兴奋地在里面乱转，结果迷路了。忽然一阵熟悉的叫声让柏安德本能地回过头去，只见自己旁边的笼子里关着一群豺。

要知道，在自然界，豺就是豹子这种猫科动物的天敌，重点是旁边关着的还是一群豺。

柏安德本能地想要和它们对峙，摆出一副即将进入战斗状态的姿势。

这时候完全不明所以的唐漫天真地朝着柏安德的背部一拍，刚想说柏安德不要演得这么逼真，结果话还没说出来，就发现柏安德不见了，眼前却出现一只豹子。

当然，此刻的唐漫还是觉得对方只是一只狗，满脑子全是问题，想着什么时候苏慕言学长家的狗来到动物园了。

转了一圈都没有看见柏安德之后，忽然，一向什么都不怕的小轩，牵着唐漫的手，躲在他的身后，头一次展现出小孩子的胆怯，拉着他的衣角说道："舅舅，你说这只豹子会不会吃掉我们？"

闻言，唐漫转过头盯着那只豹子看了半天，笃定地说："这只是一只狗，怎么可能吃人？"

小轩诧异地看向唐漫，开始怀疑唐漫是怎么考上大学的，连豹子和狗都分不清楚的人，也能蒙一个大学？看来自己有必要好好地重新思考一下人生了。

为了证明自己说的是对的，固执的小轩拉着唐漫小心翼翼地从柏安德身边经过，然后对着柏安德说："朋友，跟我们来吧。"

显然此刻的柏安德完全没有注意到他们说了什么，只是盯着眼前的一群豺，好像随时都有可能发生一场尊严之战一般。

唐漫见柏安德完全不理他们，立即过去将柏安德一拍，柏安德正在想着要怎么样才能将这么多对手给打败，被他这么一拍立即烦躁地回头，一脸凶样，吓得唐漫本能地往后退了几步。

柏安德见到是唐漫之后，心想，自己到底是该跟他们解释，还是什么话都不要说，在这样的想法中纠结的时候，唐漫已经又召唤他过去了。

见他们离开，柏安德想自己总不能在这里待着吧，于是只好跟着他们一起走。走到关豹子的地方之后，前面的两个人停下，只见小轩指着笼子里的动物对唐漫说："你看，是不是和里面的很像。"

唐漫转身盯着柏安德看了半天，发现还真的挺像的，忍不住赞叹道："看不出来苏慕言学长家里的狗连造型都这么有范，逼真得我都有些震惊了。"

小轩不服气地继续争辩道："这明明就是一只豹子，你怎么不相信我呢？"

"你就是个小屁孩，知道什么，这可是苏慕言学长家的爱犬，名字是什么我虽然不记得，但是样子我绝对没有记错。"唐安不耐烦地说道。

就在两人就柏安德到底是豹子还是狗进行激烈讨论的时候，柏安德感觉到后面好像凉飕飕的。

他本能地朝后一看，只见一只狮子正站在他们的不远处，眼看着就要扑过来了。

发现这一危机的柏安德来不及思考，本能地将小轩抛在自己的背上，咬住唐漫的皮带，一个发力直接蹿到了笼子上面，再连续跳了几下，迅速远离现场。

这时候别人也看见了狮子，动物园的管理员赶紧发出应急信息，疏散人员，现场一片混乱之际，柏安德趁机带着唐漫他们离开了这里。

当然，柏安德有这么聪明的表现，并不是因为知道动物园不可以让动物离开，而是怕自己这样阴晴不定的体质被发现的话，恐怕会被抓去研究所之类的地方被研究。就算不发生这样的情况，他也不想和一群不爱干净的动物待在一起。

受到惊吓的唐漫吓得两腿一直在发抖，倒是一旁的小轩，看见柏安德的出色表现之后，下来了又重新爬到了他的背上，赞叹道："想不到，你居然会救我们。"

柏安德因为受到了苏慕言的限制，于是只能叹一口气，没有说话。

过了至少十分钟之后，唐漫才从刚才的慌乱中回过神来，靠着柏安德拍着胸脯说道："幸好有你在，否则今天我可能都要葬身在这里了。"

说完抚摸着柏安德的头说道："回去我一定让苏慕言学长给你改善伙食，你看你都瘦了。"

虽然唐漫不过是敷衍地说了几句，也没有想到那只豹子会听得懂，倒是柏安德在暗自想着自己做了这么威武的事情，苏慕言会怎么奖励自己？

9. 狗狗原来就是柏安德

苏慕言看了看唐漫脸上淡定的表情，还以为唐漫已经知道内情。可是当他听到唐漫问自己那只狗叫什么名字的时候，他就知道自己想多了，原来对方还是把柏安德当成了一只狗。

这时候，唐漫像是想到了什么，问道："苏慕言学长，你不是说这只狗被你送去医院了吗？怎么今天它会突然出现在动物园呢？"

苏慕言看见蹲在地上相当委屈的柏安德，无奈地回到座位上，酝酿了一会儿才开口："小轩你在这里看电视，不要乱走。"说完将柏安德还有唐漫一起叫进了自己房间。

还是第一次见到苏慕言这样严肃，虽然很不情愿和自己这只坐骑分开，但小轩还是点了点头，然后乖乖地坐在那里看电视。

一进去苏慕言就将门锁了，毕竟柏安德的事情越少有人知道越好。

唐漫看见苏慕言这么奇怪的举动，只好正襟危坐在床的边缘，连动都不敢动。

这时候苏慕言严肃地走过来，在对面坐下后，淡淡地说："他就是柏安德。"说着指了指正在沙发上躺着的豹子。

唐漫惊诧地盯着那只豹子，半天说不出话来，整整消化了十分钟后，觉得肯定是苏慕言学长在骗自己，连忙配合地笑道："苏慕言学长，我以为你是不会开玩笑的。"

"是真的。"苏慕言示意柏安德证明一下自己。

"你怎么这么笨呢，难怪画的画那么丑，你这种智商恐怕也就只能画出那样的东西。"

听见眼前的这只豹子会说话，唐漫吓得差点从床上滑下去，但是想到会这么评价自己画的，恐怕只有柏安德了。

他的眼神在苏慕言和柏安德之间来回打量了无数个来回之后，唐漫终于相信了这个事实。

他看了看一旁相当淡定的苏慕言，想着这件事情他一定早知道，居然瞒了他这么久，一点都不厚道。

苏慕言看着唐漫脸上复杂的表情，还以为他会像自己一样被吓到，但是没想到，唐漫直接跑过去和柏安德来了一张合照，然后发微博说："学长家的狗狗，造型真的太有个性了。"

等一切都结束后，唐漫忍不住地嘲笑："想不到居然是你救了我们，我就说一只非亲非故的狗狗怎么可能会救我呢？"

听见唐漫说自己是狗，早在前面他就忍不住了，本来以为他只是书读得少，现在看来，他不得不怀疑唐漫是故意的。

柏安德本能地想要扑过去吓一吓他，但是刚准备起跳，就被苏慕言一个眼神给吓了回去。好吧，拿别人的手短，柏安德只好悻悻地坐回去,为自己辩解道:"我是一只豹子,高大威武的豹子,不是你说的狗。"

唐漫不屑地说:"反正都一样,区别又不大,有什么好计较的。"

苏慕言看着这两个在哪里都可以吵起来的人,无奈地开门去找小轩,回头示意柏安德不要说话了。

吃饭的时候,柏安德照旧兴奋地跳到椅子上,引起小轩一阵惊呼,结果他发现自己那肉掌完全用不了筷子,只能委屈地看着苏慕言。

苏慕言用冷漠的眼神看了他一眼,然后说道:"等我吃完。"

唐漫心疼地看着柏安德,想伸筷子给柏安德夹块肉丢到地上的,但是看了看苏慕言家里那洁净的地板,默默地将那块肉放进了自己嘴里。

满怀期待的柏安德因为唐漫的举动,觉得他就是在故意欺负自己,在自己变成一只豹子的时候趁机欺负自己。

苏慕言吃完晚饭后将柏安德叫到了沙发上,拿着勺子开始喂柏安德吃饭。

唐漫看着他们俩的举动,一种当了电灯泡的感觉从心里升起,发现旁边还有外甥之后,唐漫立即伸过手捂住小轩的眼睛,默默地将他拖走，离开了这片是非之地。

这只怪因为方才唐漫的举动，柏安德告诉苏慕言，作为一只有身份的豹子，绝对不能趴在地上吃东西。

本来只是想变回来之后再吃的，但是没想到苏慕言居然会这样做，倒是让柏安德吓了一跳。

面对这样亲密的举动，柏安德本能地想要拒绝，但是看着苏慕言手中的肉，柏安德又实在不忍心，只好勉为其难地张口接着苏慕言喂过来的食物。

作为当事人的苏慕言完全没有想到他们心里会想这么多，心想，这才是养一只宠物的乐趣嘛。

10. 唐漫请教苏慕言如何养狗

周五的晚上，就在几个人送走了唐漫的外甥，打算好好庆祝一下的时候，一阵敲门声传来，三人皆是一怔，回想了一下下午唐漫姐姐说的那句话："小轩在这里玩得很开心。"

大家皆是勉强一笑，暗自在心里想着，那几个地方此生再也不要去。一听敲门，都以为他姐姐又把小轩送回来了。

见敲门没人理会，门外的人只好喊道："苏总，我能麻烦你们一件事吗？"

一听是徐玲珑的声音，大家全都热情地跑过去，连连欢迎她进来,结果还是苏慕言发现了事情的端倪,问道:"你要辞职?"

原来此刻的徐玲珑抱着一只很小的狗,身边提着一个行李箱,像是拎着包就走的架势。

一听徐玲珑要离开,想着自己来云出市好不容易遇见的女性都要弃自己而去,柏安德立即想要表现一下邻里情深,但是还没开口,就听见徐玲珑说:"有苏总这么好的上司,我当然是要把牢底坐穿的啊,怎么会提前越狱?"

一旁的唐漫皱着眉头问道:"那你这是把自己家炸了,打算学我一样住到苏慕言学长家来?"

徐玲珑鄙视了唐漫一眼:"谁会像你一样没有智商,我是想要出去放松一下心情,还没来得及对苏总说,但我想苏总一定不会拦着我吧?"

看了一眼徐玲珑的架势,自己就算拦着恐怕也没有什么作用吧,苏慕言只好说:"知道了。"

一听苏慕言答应,徐玲珑立即将自己的狗送到唐漫的怀里,笑着说:"那这只狗就拜托苏慕言学长照顾了,我前几天刚买的,但是没有想到这么快就要和它分别了。"说完直截了当地离开,没有一丝犹豫。

望着徐玲珑离开的背影,柏安德笑着拍了拍唐漫的肩膀,郑重地说:"看吧,你心心念念的狗来陪你了。"

唐漫看了看这狗,刚想跟苏慕言解释自己不会养狗,结果苏慕言看都没看他一眼,沉声道:"好好养。"

虽然有满腔的不情愿,但是唐漫到底还是将那只狗抱了进去。因为自己从来没有养过狗,于是在吃饭的时候,唐漫开始像苏慕言询问怎么养狗。

苏慕言看了看柏安德,淡定地说:"我吃什么他吃什么,不用管他。"

唐漫看了看正在吃饭的柏安德,犹豫地说:"他们好像不能混为一谈,毕竟你的会自己进食。"

柏安德这才意识到他们是在说自己,立即将碗筷往桌上一扣,生气地说:"都说了多少次了,我是豹子,不是那种随便的物种。"

苏慕言和唐漫倒是习惯了,只是把这只刚刚来到一个陌生环境的小狗,吓得赶紧躲在沙发底下。

唐漫不满地说:"你要是厉害你上天啊,不要在这里吓我的狗狗。"

柏安德只好冷哼一声,将门一关,说道:"你今天就等着睡沙发吧,我要弥补一下我受伤的心情。"

唐漫愣在那里,凭什么自己昨天睡了沙发今天还要睡沙发啊？

　　苏慕言看着这两人，又看了看小狗，仿佛眼前上演了一幕八点档婚后大戏。

　　自从徐玲珑家的狗来到苏慕言家之后，柏安德顿时觉得自己的地位受到了威胁，于是时不时地从哪里冒出来吓一吓它。

　　那天，苏慕言上班去了，唐漫刚好在房间里画画，柏安德一个人在那儿看动画片看得有些无聊，看见旁边那只和自己一起在看电视的狗之后，决定报复。

　　于是，他抱起那只狗去了浴室，将它丢在苏慕言的浴缸里，开始放水。

　　柏安德心想，它肯定是怕水的，但是没有想到，那只狗直接在浴缸里游起泳来了。

　　气不过的柏安德不乐意地将它从浴缸里提出来，刚刚出来找狗狗的唐漫看见狗全身湿透地在柏安德手里的时候，就知道柏安德一定干了什么坏事，立即训道："你居然跟一只狗计较。"

　　柏安德白了他一眼，漫不经心地说："我只是给它洗了一个澡罢了。"说完将狗丢到唐漫的怀里，昂首阔步地离开。

　　看了看柏安德离开的背影，又看了看怀里的狗，唐漫疑惑地想，柏安德真的会有这么好心吗？

觉得自己不能随便欺负那只狗之后，柏安德开始有事没事凶一下它，就它经常抢自己的肉吃的行为，自己要是不吓一吓它，他都没办欺骗自己居然被一只狗欺负了。

徐玲珑回来的时候，那只狗胆怯地躲在唐漫怀里，不安地看着柏安德，生怕他忽然一下凶神恶煞地扑过来。

徐玲珑心疼地看着自家的狗狗，可是看到三个人充满善意的脸，又觉得应该没什么事。徐玲珑安慰自己，它可能是在这个人生地不熟的地方有些不习惯。

后来，传言说，那只狗回去后三天不想吃东西，徐玲珑还以为是换了地方不适应，完全不知道她家狗狗在他们那边都是吃饭的，不吃所谓的狗粮。

TAMEN
YUBAO
第九章
《WOW》遭遇停刊

1. 出现在别人杂志上的柏安德的画稿

办公室。

苏慕言刚刚让他们将最新的杂志下印厂，结果样书一出来，徐玲珑就闯进来，一脸慌张。

苏慕言见过徐玲珑经常冲进来，但是没有一次是这么慌张的，将手里的杂志放在一旁，问道："什么事？"

徐玲珑递上来一本杂志，严肃地说："苏总，请你立即打电话叫印厂那边不要印了，有人和我们这一次的杂志撞刊了。"

闻言，苏慕言立即抢过去翻开，果然，柏安德最近才画的一本新稿子正好印在上面。

苏慕言立即给印厂那边打电话，让他们停止印刷，至于印出来的就只能放在那里等待销毁了，完全没有办法弥补。

徐玲珑站在一旁小心翼翼地观察着苏慕言的变化，原以为苏慕言一定会发火的，没想到苏慕言只是将杂志丢在一旁，淡淡地说："你是怎么知道的？"

按理说，这家杂志社不是什么有名的杂志社，就算是作为范例也都不会选的，徐玲珑是怎么知道的。

徐玲珑赶紧解释："今天我照例去发微博宣传，但是内容刚一发出来，就有人说我们的和别的杂志撞刊了，当时我还不相信，买回来一看，完全就是一样的，除了作者署名。"

徐玲珑还想再说什么，却听见苏慕言接着说："赶紧发微博说我们弄错了，将原来那条删掉。"

"好的，只是那样柏安德的画怎么办？"

"这次先不要说，幸好及时发现，不然到时候印出来恐怕事情就更麻烦了。"苏慕言疲惫地扶了扶额头，叹了口气，疑惑地问，"柏安德的画怎么会出现在这儿？"

"我也不清楚，柏安德的稿子一直都是作为我们杂志社的机密文件，没有几个人可以拿到的。"徐玲珑也很诧异，按理说，除了自己这里，就只有苏慕言这里有了，怎么会突然出现在别的杂志社那里呢？

苏慕言看了一眼徐玲珑，淡淡地说："你先出去吧。"

"但是，苏总……"

徐玲珑还想说什么，却被苏慕言的一个眼神给吓了回去，只好自觉地退出去。现在看来恐怕也就只有这样可以将损失减到最低了，只是，柏安德的画为什么会在别的杂志上出现？

晚上，苏慕言回去将那本杂志丢在茶几上，将两个人叫了出来，说道："你们看看。"

柏安德以最快的速度冲了过来，翻开之后，满意地点头说道："这么快就出来了，不是还要几天吗？"

这时候，从一旁凑过来看的唐漫发现了事情的关键，说道："难道不是用柏安德署名的吗？"

经过他的提醒，柏安德才注意到署名不是自己的，还以为是苏慕言给自己准备了另一个名字，结果听见苏慕言淡淡地说："这不是我们的杂志。"

两人这次注意到封面，柏安德立马就想破口大骂，只见苏慕言喝了一口茶之后，淡淡地说道："已经被别人用了，我们只能放弃。"

唐漫不解地问："就不能查出来吗？何况这个明明就是柏安德画的。"

苏慕言看了一眼柏安德，问道："原稿还在吗？"

柏安德想了好久，无奈地摇头："每次画好后，原稿都是交给你的，我手上什么都没有。"

这件事情，苏慕言今天下午就想到了，但是翻了半天抽屉也没有找到，原以为是柏安德没有将原稿给自己，但是现在连柏安德这里也没有，那么也就是说，原画稿很可能不见了。

这让苏慕言更加感到不安，这件事情，看来没有自己想的那么简单。

2.《WOW》被强制停刊

第二天，苏慕言才刚到办公室，上头就打电话过来，意思很简单，先将《WOW》停刊，什么时候找到缘由再谈是否继续发行的事情。

苏慕言深深地了解这件事情的严重性，距离老板说的半年时间就只有两个月不到的时间了，要是这个月还停刊，那就只剩一个月了。

想到这里，苏慕言顿时感到心力交瘁，这时徐玲珑又从外面闯进来，慌张地说："苏总，我有事要说。"

苏慕言倒是被她这一惊一乍吓了一跳，以为又是什么大事，连忙正襟危坐，问道："有事？"

只见徐玲玲视死如归地说："请苏总随便发落我吧，一切都是因为我的错，才导致这件事情的发生。"

"说说看。"

徐玲珑小心翼翼地观察着苏慕言的脸色,吞吞吐吐地说:"画稿是从我这儿流出去的,但我不是故意的。"

原来,就在前段时间,徐玲珑的电脑忽然一下开不了机,就拿出去修。因为已经是下午五六点钟,修电脑的老板就说修好的话也是在明后天了,所以让徐玲珑在家里等电话通知。

想着也不是什么大事情她就同意了,还回来的时候修电脑的老板说因为要调试一下系统什么的,所以将密码解开了,她也没有太在意。

但是现在出了这样的事情,徐玲珑整整一个晚上都在想原因,这篇稿子只有柏安德、苏慕言和自己这里有,按理说不可能有别人知道,怎么会……

细想来,恐怕就是在这件事情上出的差错吧。

听徐玲珑这么一解释,苏慕言也想出了一些眉目,但是,情况为什么偏偏这么巧,她电脑一坏,画稿就意外地流了出去。

本来还想再问什么,但是看到徐玲珑脸上的表情之后,他也不敢再说什么,不然徐玲珑要是在自己面前哭起来,还不知道怎么收场呢。

"你先出去做好手中的事情,剩下的事情我会处理。"

闻言,徐玲珑也不好再继续说什么,只好点了点头转身离开。

苏慕言在她开门的时候，忽然开口："先把眼泪擦了再出去。"

徐玲珑还以为苏慕言是关心自己，连忙说了一声谢谢。苏慕言心想，自己总不能说是怕外面的人误会两人的关系吧。

晚上回来的时候，苏慕言连饭都不想给他们做了，随便在路边买了两份快餐给他们带了回去。

柏安德看着桌上那两份没有肉的盒饭，又看了看苏慕言，刚想什么，却被唐漫眼疾手快地拦住："赶快吃饭，没看见苏慕言学长正烦着吗，你好意思在这种时候还烦他？"

柏安德望着苏慕言又去泡咖啡准备熬夜的动作，叹了口气，对着桌上寡淡的饭吃了起来。

第二天上班的时候，苏慕言召集大家开了一个简单的会议，首先是将这件事情和大家说一下，然后就是问问大家去留的问题，如果别人想走，自然也拦不住别人，毕竟自己也给不了他们什么。

听见大家都说会跟着自己渡过危机的时候，苏慕言内心还是有一点点感动。但是没想到下午的时候就受到了更大的打击。

网上开始有传言说《WOW》杂志社抄袭其他工作室的东

西，就连早早让徐玲珑删掉的微博也不知道被谁挖了出去。

等大家聚集到他办公室来说这件事情的时候，苏慕言已经看完了所有的评论。这时候旁边有人提出来原稿的事情，苏慕言只能叹了口气说："不见了。"

这才是事情最大的问题，本来明明可以告别人抄袭的证据失踪，那么就失去了所有的证据，只能等这阵风波自动平息。

3. 曾经画手的挑衅

这时候，在家里的两个人却并不安分，消息一出来，柏安德就相当气愤，就连唐漫都忍受不了。虽说他的画不怎么样，但到底还是很讨厌那种抄袭的人，重点是，还将事情弄到了苏慕言学长身上。

两人相当气愤地出门，二话没说直接冲到那家杂志社，一进去就对着里面的人说道："不要太过紧张，我不过是看看不要脸的人到底长什么样子。"

被柏安德这么一说，对方自然也不甘示弱，讽刺道："现在好像还不知道是谁不要脸吧，明明是你们自己不要脸抄袭，不然怎么惭愧到连微博都删掉了呢。"

一听对方说自己抄袭，柏安德愤怒值瞬间破表，直接拿起旁边的椅子朝着方才说话的那个人的电脑上砸去，指着那个人威胁道："你再说一句试试。"

虽然对方只是一个小小的杂志社，但到底还是不会允许别人这么对待自己人，一大群人连忙将他俩包围住。

见到这样的架势，柏安德淡淡地问了旁边的唐漫一声："喂！情况好像不对头了哦，你要是害怕可以先回去，免得到时候我还要救你。"

只见唐漫冷哼一声，伸手将头发捆好，淡淡地说："和你打都不怕，这几个人，恐怕还不够我们活动筋骨吧。"说着连提示都不给他们，唐漫就直接对着其中的一个人的脸来了一拳。

见唐漫都这样了，柏安德自然也不甘示弱，直接上脚。

就在两人打得正高兴的时候，听见有人说："警察来了。"

两人对视一眼，转身就想撤走，但是没想到和迎面而来的警察撞在了一起。

两人蹲在警察局里的时候，忍不住啐道："这到底是怎么回事，原来打架还可以叫警察来的啊？"

唐漫连看都懒得看旁边的智障一眼，不满地说："你以为谁都像我一样，追求的是公平竞争吗？"

柏安德撇了撇嘴，淡淡地说："你不会是傻，不知道吧？"

"滚……"

此刻的唐漫都觉得自己肯定是智障了，不然怎么会跟着柏安德去打架，重点是现在还需要找个人来保释自己。

苏慕言接到电话的时候，恨不得将他们给掐死，本来大家都在想办法怎么应对这件事情的风波，结果他们不在家好好待着，反倒在这里给自己添乱。

本来两个人还想替自己辩解一下，但是看见苏慕言阴沉的脸之后就果断地放弃了。

回去的路上，苏慕言问他们为什么去对方公司闹事，柏安德立即激动地解释：“那还不是因为看你受委屈，好歹相处了这么久，我们总不能干看着吧？”

"你们这是在帮我？"苏慕言皱着眉头问道。

本来柏安德还想说什么的，却被唐漫及时拦住，刚好碰到柏安德下午被别人用凳子砸到的地方，惹得他忍不住倒吸一口气。

苏慕言淡淡地问道："受伤了？打不过就不要打，尽给我惹麻烦。"

两人都撇了撇嘴，低头不再说话。

晚上的时候，苏慕言将药箱递给两人，让他们自己处理之后，就去了隔壁徐玲珑家，毕竟这件事情已经被爆了出来，恐怕……

结果第二天,苏慕言的办公室迎来了一位相当重量级的人物,只是没想到他见到苏慕言的时候,居然还恭恭敬敬地说了一声"苏总好"。

见到来人,苏慕言只是停下手中的工作,看着他不说话。

"没想到苏总这么健忘啊,不会不认识我了吧,要知道当初我可还是《WOW》的……"

话还没有说完,就被苏慕言打断:"没事请走,我还有工作。"

只见那人冷哼一声,笑着说道:"听说杂志都停刊了,不知道苏总还有什么要忙的,难道是忙着收拾东西滚回家?"

"停不停刊也轮不到一个过气的画手来说。"苏慕言毫不留情地反驳了回去。

听见苏慕言说自己过气,那人立即恼羞成怒,将苏慕言桌上的电脑往旁边一扫,撑着桌子说道:"要不是你,我怎么可能过气?要不是你忽然告诉我不让我画画,我怎么可能到现在都只能住在六平方米的小房子里?一切都是因为你,现在这一切不过是报应。"

苏慕言看着他,笑着感慨:"是吗?那还真是可怜。"

这时候门外的一些人听见了里面的动静冲进来，只看见苏慕言坐在椅子上，而他面前恼羞成怒的人正是前段时间被苏慕言说要下架的那位画手。

徐玲珑第一个开口问道："你怎么会在这儿，我记得我们和你好像没有什么工作上的来往了吧？"

那人转过来挑衅地说："不过是来看看没有我之后，我曾经在的杂志社现在变成什么样子罢了，还真是让人心疼呢。"说完转身想要离开。

"谢谢你的心疼，你可以走了。"苏慕言说着对旁边的人示意，"送客。"

只见那人被架出去的时候还忍不住对苏慕言恶语相向，倒是苏慕言面不改色地看着他出去才松懈下来，叹了口气，却听见一旁的人谨慎地询问道："苏总，没事吧？"

苏慕言勉强地笑了一下，然后淡淡地说："没事，出去忙吧。"

"你怎么还不走？"看见站在那里还不走的徐玲珑，苏慕言连头都没有抬就知道是她。

徐玲珑皱着眉头问道："苏总，他为什么会找来？"

苏慕言淡淡地说："可能就是来发泄一下吧。"

"我想事情可能远远没有这么简单吧，怎么会这么巧，我总觉得可能还有好多我们不知道的事情暗藏其中，不然怎么会这么巧合，我们还没有说会不会停刊的事情，他又是从哪里知道的？"徐玲珑不解地问。

"可能是乱想的吧。"苏慕言无力地说。

徐玲珑继续追问道："苏总，你难道没有意识到，你已经连着说了两个可能了，也就是说连你自己都不相信自己的答案。"

"没事。"苏慕言丝毫不在乎被她拆穿，毕竟连他自己都不相信这一切都是巧合。

4. 神秘的来访者

在那人离开很久之后，想了半天的苏慕言终于打通了一个电话，将事情的原委全部都给说了一遍。

那张自己和柏安德牵手的照片出来的时候，苏慕言还以为只是谁觉得无聊，所以拍了发在网上的，紧接着后来的视频风波他也以为只是有人趁机做的恶作剧。

可是从现在的情况来看，好像从那个时候开始，自己的一举一动就被监视着。

苏慕言点开电脑，将这些证据全部都打包发给了对方。

果然没过多久，对方就打来电话："慕言，我现在可以相当准确地告诉你,我查过了,照片和视频都是从一个IP发出来的。"

"是哪儿?"苏慕言淡淡地问道。看来自己的猜测是正确的,前面的那一切都是策划好的,只是对手没有想到自己会反过来利用他们让杂志的关注度上升。

那边似乎犹豫了一下,缓缓地说:"在你们公司,我只能查到这里,具体的我可能要来你们那才能够做出最准确的判断。"

苏慕言显然不想让他来,虽然说对方是自己从小玩到大的伙伴,但是其实苏慕言的内心是抗拒的,毕竟那个人的到来,从来都会引起一阵风波。

但是,以现在的情况来看,也只有让他来公司才能查清楚这件事情了。毕竟如果说IP是在公司的话,那就是说很可能是公司的人在搞鬼。

虽然苏慕言一向对手下不管不问,但是出了这么大的事情,自己要是还不整顿的话,恐怕不行了吧。

第二天的时候,徐玲珑第一个到公司,就看见自己的电脑旁边居然有一个人。弄丢画稿之后,徐玲珑就一直相当惭愧,觉得自己给苏慕言惹了麻烦。

现在看见有人在弄自己的电脑,还以为谁这么大胆,都光明正大地偷到这里来了，也不管自己的包里装了什么东西，不管不顾，直接砸了过去。

本来对方在相当认真地查着东西，结果被徐玲珑这么一打，直接一下按错，只见电脑屏幕上出现了一大堆代码，那人愤怒地转过头来，愤怒地骂道："你有病吧。"

见对方是女的之后，立即笑着说："小姐这样的打招呼方式可有些特别哦，我记住你了。"说得徐玲珑一阵脸红。

这时候苏慕言也来到了杂志社，刚好看到这一幕，无奈地摇了摇头，走过去相当冷漠地打了声招呼："你来了。"

只见那人震惊地说："天哪，我千辛万苦地从大都市找到你这小地方，对我就这么冷淡？昨天不接我就算了，今天还害得我自己开锁，不过换句话说，你们这儿的锁该换了，随便弄两下就开了。"

苏慕言看了一眼被丢在地上的锁，无奈地笑了下，淡淡地说："先来我办公室。"

没想到那人看了一眼徐玲珑，然后淡淡地说："没想到，你还养了一个这么有个性的美女。"

看见他又在撩妹，苏慕言忍无可忍地直接拖着他去了办公室。就连在拖着的时候，他都还忍不住地跟徐玲珑抛了一个媚眼，说道："美女，我还会来的。"

一进办公室,苏慕言就直接将门一锁,问道:"查出来了?"

听见苏慕言这么直接地插入正题,那人立即一脸委屈地说:"你再这样的话下次我就不帮你了,人家刚刚还被你的女下属打了。"说着指着额头给他看,"你看,都肿了。"

"你再这样我就打电话叫你妈来。"苏慕言只好拿出奇招。

那人只好勉为其难地回答道:"我看了一下,东西是从那个美女那里发出的,好像是定时发送的,因为我查了一下,其实很早的时候那些东西就已经在电脑里了。"

苏慕言消化了一下他这些话,缓缓地说:"所以,也就是说,我们公司失窃了?"

那人想了一下,解释道:"算不上吧,顶多就是别人进来就像是进自己家一样随便吧。"

苏慕言不悦地看着对方,从现在的情况来看,对方这是在讽刺自己公司的安保很薄弱吗?自己请他来可是来解决问题的,不是在这里随意地批评自己的,要是这样的话,自己宁愿不叫他来。

"所以也就是说,连你这样的电脑天才也找不到对方到底是谁?"

那人随意地坐在苏慕言的桌子上,正对着苏慕言,笑着问道:"你怎么不怀疑你家的小美女呢?"

苏慕言看了一眼门外,说道:"她?不可能。"

"看来还挺相信下属的嘛!"

苏慕言眼神坚定地说:"只是相信没有人会背叛我。"

那人无所谓地笑了笑:"反正我只能帮你到这里了,总之呢,我是查不到对方是谁了。"说完哀叹一声,接着说,"想不到还有没有我用武之地的时候。"

"你可以走了。"苏慕言冷漠地送着客。

见那人依旧坐在桌子上没有动,苏慕言只好补充道:"钱我会打给你的。"

看着对方欢快离开的背影,苏慕言疲惫地扶着额头,长叹一声,这就是为什么苏慕言不想叫他过来的原因,哪怕是自己二十几年的好友,谈到钱上面,永远都是这么不留情面。

5. 设计抓住凶手

那人一离开,徐玲珑就从外面进来,解释道:"苏总,我真的没有做背叛你的事情。"

原来之前徐玲珑带着满腔的疑惑,偷偷地在门口偷听,只是一听到东西是从自己电脑上传出之后,立即去自己的位置上去找证据,同时也就错过了苏慕言后面的那番话。

"还有别的事吗?"苏慕言淡淡地问道。

徐玲珑只是一脸委屈地站在他面前,眼睛通红得像是要哭了。

苏慕言看了一眼,冷漠地说:"那就出去吧。"

只见徐玲珑忽然哭出来,哽咽地继续解释着:"苏总,我也不知道为什么我的电脑里会发出那样的东西,但是我真的没有做这样的事情。"

"我有说是你吗?"苏慕言反问道。

一听苏慕言没有怪自己,徐玲珑立即破涕为笑,对苏慕言说:"既然苏总这么相信我,那我也就不能在这儿吃干饭了,我有个想法不知道……"

她凑到苏慕言的耳边,小声地说着自己的计划。

徐玲珑一从办公室离开,苏慕言就去外面重新买了一把锁,却又不急着换上。下午回到家里的时候,苏慕言冲着柏安德骂他为什么要做出这样的丑事让自己替他擦屁股。

柏安德被弄得一头雾水,想着自己来他家里为他做了这么多,现在一出事情就推到自己身上,体内的怒气更加大,还不等唐漫拦住就直接上前要揍他。

苏慕言也不甘示弱,直接反击过去。

还是第一次见苏慕言动手的唐漫,吓得站在一旁硬是不敢走过去一步。直到两人打累了停下来之后,唐漫才从一旁出来,一个人递了一瓶水,说道:"原来你们平时都是这么放松的啊!"

柏安德冷哼一声不说话,怎么看自己都很无辜啊,不然怎么苏慕言现在脸上什么变化都没有,自己却满脸的青紫。

晚上,《WOW》杂志社出现了一个鬼鬼祟祟的身影,熟门熟路地来到门口,掏出工具开了锁,又来到徐玲珑的电脑前,开始把早就准备好的东西传到徐玲珑的电脑上。

这时候,他发现门外面传来一些声音,警惕地转过去看了一眼,发现并没有人之后,依旧继续着手上的动作,但是明显加快了速度。

就在他将一切都准备就绪打算离开的时候,听见暗处传来一阵拍手声:"不错嘛,天衣无缝的计划呢,害得我整张脸都打肿了。"

那人谨慎地往那边看过去,顺势将手中的手电筒照过去,只见一双绿色的眸子盯着自己。

"是你?"

那人这才发现另一边也有一个人。

"天哪,原来这件事情还真的有主谋啊,听见苏慕言学长说的时候我还以为是在开玩笑呢,这种电视剧里才有的剧情,居然发生在我身边,你这么厉害都可以上天了呢。"

那人这才发现自己已经被包围了,本能地想往外逃去,刚刚还在感叹的唐漫被他这么凶猛的一撞,直接摔到了一旁,还险些撞到了桌子。

本来以为能够逃出去的他,忽然发现门被锁上了,本能地掏钥匙去打开,却听见后面传来苏慕言的声音:"那是一把新锁。"

柏安德也忍不住地嘲讽道:"你要是让这把钥匙断在里面,恐怕我们就只有叫警察来救我们了。"

看着一个个都在争着耍帅的伙伴,正在一旁忍着疼痛爬起来的唐漫忍不住地埋怨道:"当初我就说不要站在这个位置,现在我被撞伤了吧,没有人来扶我一下也就算了,居然只顾着在那儿耍帅。"

两人这才注意到被撞到角落的唐漫,柏安德嫌弃地走过去将他扶起来,嘴里鄙视道:"自己没有本事就算了,你那个地方应该将他挡住的啊,然后等着我们帅气地制伏他。"

合着自己只是一堵肉墙啊!这样想着唐漫更加觉得委屈,当初自己说要站在柏安德的那个位置,但是柏安德硬说自己和苏慕言在下午的时候打了一架,全身酸痛,没有办法阻止强大的对手。

就在两人闲聊的时候，苏慕言已经开始一本正经地审问了："果然是你。"

"哼，难道是在外面做坏事做多了，记不得到底是谁害你了？"那人见门打不开，干脆转过身来，正面对着苏慕言。

其余的两人干脆互相搀扶着站在苏慕言身后，看着他们两个在那儿正面交锋。以现在的情况来看，柏安德认为平时不怎么说话的苏慕言一定会败下来。作为苏慕言的忠实粉丝，唐漫自然是站在了苏慕言这边。

"我只是没想到你居然消沉到现在。"苏慕言漫不经心地说着，却不知道这句话深深地刺痛了对方的心。

原来他就是当初苏慕言打算让唐漫的作品上架，而不得不下架的那位挑剔画手，也是前几天来苏慕言办公室叫嚣的那位。原来苏慕言以为下架一个人的作品，并不是什么大事，但是没想到他居然记恨到现在。

只见那人指着苏慕言的鼻子说："别以为自己有多厉害，要不是有这个傻瓜在你们家住着，你以为你的漫画会有这么好，恐怕早就被停刊了吧。"

"他愿意。"苏慕言看了一眼柏安德，发现对方正在和唐漫在赌着到底谁才能在这种口舌之战中获得胜利，只好失望地转过头心酸地继续孤军奋战。

"当初可是你们求着让我来帮你们杂志社画画的,但是没有想到还没有超过三年,你们就因为找到了新的画手,直接叫我离开。我当初为了你们拒绝了多少杂志,结果你们说不要我就不要了,这样没有节操的杂志社,就不该存在。"

那人开始在那儿说着自己的辛酸史,控诉着苏慕言的不讲信用,就连唐漫都为苏慕言捏了一把汗。就在柏安德以为自己要赌赢的时候,听见苏慕言有条不紊地开口:"是我们求你吗?看来这几年依着你倒是让你自信了不少。"

苏慕言本来还想保持一下高冷,但是以现在的情况来看,柏安德都这样赌自己了,总得帮自己挣点脸面吧,于是接着说:"当初你打着鬼马精灵的称号才进我们杂志社,可是从这些年的合作看来,你完全就是有名无实,更让我意外的是,你之前的作品好像……"

那人自然知道苏慕言说的是哪件事,立即打断道:"总之是你们言而无信,说让我下架就下架。"

"对没有信用的人,我们也没必要仁慈。"说完示意他去看门外,"来接你的人来了。"

柏安德这才注意到门外正站着一堆穿着制服的人,赞许地对苏慕言说:"天哪,你什么时候请来了这样的群众演员,演得还真像模像样的。"

唐漫忍不住在一旁鄙视道："这明显就是苏慕言学长叫的警察，唉！学长就是机智，知道自己抓人很累。"

苏慕言无奈地看了一眼两人，心想自己养的都是什么样的东西啊，除了会画个画、添个乱完全没有任何作用，就连拿来给自己长气势都是你搀我扶，不知道的还以为我们被打败了。

柏安德忍着身上的剧痛，以自己的优势扑过去将对方制伏。这时候，唐漫本来也想耍一下帅去开门，却发现开了半天也没有打开，结果真的把钥匙拧断在里面了。

苏慕言在一旁等了半天也没有等到柏安德将门打开，疑惑地凑过去看看究竟，结果还没有走近，就看见唐漫一脸忧伤地转过头来，一脸无辜地说："学长，看来我们要砸门了。"

看到他手里的半截断钥匙，苏慕言这才想起来钥匙在自己这里，刚才被唐漫迅速的动作给欺骗了，竟然忽略了这件事。

正在奋力按着那个画手的柏安德，见半天也没有人来接应自己，疑惑地问道："你们都去哪里了，不知道我这样很辛苦吗？"

只见苏慕言无奈地走过来，拍了拍柏安德的肩膀，还拍到了柏安德的痛处，只好将手拿开，笑着解释道："你可能还要坚持一会儿，钥匙断在锁里面了。"

"什么？"柏安德不可置信地看向苏慕言，见对方点头之后,忍不住骂道,"唐漫你就是个智障,谁让你去开门的?"

唐漫耸了耸肩,无奈地说:"人家不过是想当一下最后的英雄,哪知道最后会变成这样嘛,明明就没有按着剧情走啊。"

柏安德现在连骂他的话都懒得说了,因为愤怒,手上的动作更加用力,只见他咬牙切齿地说:"出去以后,请允许我将这个智障揍一顿,完全就是猪一样的队友。"

苏慕言看了看还在那里折腾锁的唐漫,点了点头:"我准了。"说完走向门那里,轻轻松松就弄开了门。

唐漫在一旁看得傻眼了,问道:"苏慕言学长还学过这种特技?"

苏慕言看了一眼唐漫,尴尬地说:"刚刚忘记锁了,不然我也不会叫住他。"

果然,此话一出,柏安德身下的那个人顿时想要反抗,却因为碰到了柏安德的痛处,导致柏安德压得更用力。

就在那人被柏安德弄得脸都紫了之后,外面的警察终于来解救了他。

6. 故事的一开始

原来,整个事情都是因为当初苏慕言强制让那人的作品下架而引发的,那人一直怀恨在心,却又没有能力找到任何有利于自己的证据，最后只能跟踪苏慕言，希望能够找到一些苏慕言的把柄。

所以一开始，在经过了十几天的观察之后，他拍摄了苏慕言和柏安德牵手的照片，虽然隔得远，看得模糊，但是因为后面他又拍了一张近一点的，自然也就更有说服力了。

本来想去网吧上传的他，担心被什么人看见，为了弄垮《WOW》，于是他想干脆就让杂志社里面的人来传，这样查出来，说不定苏慕言还会失去一些支持者，从而选定了作为艺术总监的徐玲珑。

但是没想到，最后苏慕言居然没有去在意这件事情，这让他很失望，于是开始了下一次的行动，也就是后来柏安德和唐漫打架的视频，却没想到还是被苏慕言给化险为夷。

后来以为苏慕言和女下属关系暧昧这一点应该能够让苏慕言慌上一阵子，但是没想到，苏慕言压根就不在乎这些。

就在他觉得已经没有什么机会能够去扳倒苏慕言的时候，恰好看见了放在徐玲珑桌子上的柏安德的画稿。

于是他将画稿偷偷地影印了一份，怕发现又将原稿放了回去，接着特意取了个笔名将那些漫画放在了一本不起眼的小杂志上，原因是那本小杂志刚好比《WOW》早发行一个星期。

他原以为这个计划是万无一失的。首先，苏慕言一般不会去在意这些不起眼的小杂志，而如果这本杂志先出，紧接着

《WOW》也出来，可是两本杂志重点推荐的是同一个漫画的话，作为一向注重名声的《WOW》杂志社就一定会有所反应。

首先采取的措施就是停刊，那样肯定会对苏慕言的工作有一定的影响，那么，他的目的也达到了。

可是没想到，居然让徐玲珑阴错阳差地注意到了那本小杂志，而且一些问题也都被苏慕言转为了秘密进行，这样的话他的行为就完全没有达到效果，于是他不得不又重新潜伏在苏慕言身边，伺机行动。

却没想到，因为那次去苏慕言办公室叫嚣，让徐玲珑意外地注意到了他。后来导致徐玲珑开始按照一些线索，调看了他们所住楼层的监控画面，才注意到他的行为。

一听徐玲珑这么说，苏慕言就想到了一计，为了演起来更真实，甚至连柏安德都没有告知。

原来在两人打完架，回到房间里之后，苏慕言将阳台上的窗帘一拉，开始在茶几旁，悠然自得地倒茶。

一旁的柏安德被苏慕言这个表现气得要死，要不是唐漫一直在旁边叫他冷静，他绝对飞过去把苏慕言给撕了。

唐漫见苏慕言将茶泡好之后，忍不住问道："苏慕言学长，你这是受了什么刺激，一进来就对柏安德下这么重的手。"

哪知苏慕言只是看了一眼唐漫，依旧自顾自地喝茶，完了之后才淡淡地问道:"不可置信吧?"

唐漫赶紧配合地点了点头。

只见苏慕言缓缓道:"那就对了。"便没了下文。

弄得唐漫一头雾水,一旁的柏安德本来想要扑过去反击一下的,但是看到苏慕言凛冽的眼神之后,只得乖乖地坐回茶几上,指使唐漫帮自己拿紫药水来。

晚上吃完饭后,苏慕言对正打算早早睡觉的柏安德说道:"晚上带你玩个好玩的游戏。"

柏安德不可置信地看着他,心想,他这是来向自己赔礼道歉的吗?虽然自己极为不想原谅他,但是想到对方都这么诚恳地带着自己出去玩了,还是给点面子吧。

在他纠结了半天还没有结果的时候,唐漫从旁边探出头来,满脸期待地说:"苏慕言学长要带我们去玩吗?"

见到苏慕言点头之后,唐漫直接忽视了柏安德的想法,直截了当地说:"我们一定会和苏慕言学长同进同出的。"

苏慕言这才满意地笑了笑,让他们现在就跟自己走。

本来一路上面对苏慕言诚心的道歉,已经心情变好的柏安德,在看见苏慕言将自己带到了公司的时候,就开始觉得不对劲了,赶紧问道:"你要我们来陪你加班吗?"

苏慕言笑了笑说:"抓老鼠。"

一听抓老鼠,柏安德就来劲了。可是当得知苏慕言是让他们来抓破坏公司形象的坏人的时候,正义感爆棚的柏安德立马更来劲,眼见着就要从公司冲出去,幸好被苏慕言及时地给拦住了。

苏慕言让其他两人都躲起来,而自己则在对方进来之后迅速地换锁,然后在对方行动完成之后拿到证据,将其围堵。

看上去还不错的计划,虽然中途出现了太多的意外,但最后总算是马马虎虎地完成了。

后来,那个人被《WOW》杂志以故意诽谤罪给告上了法庭,紧接着,苏慕言的好朋友又发过来一份打包好的资料,一看竟然是那个画手以前找枪手的证据。

苏慕言看着那些打包文件,叹了口气,心甘情愿地又转了一笔钱过去。

最终,那人以故意诽谤罪给定罪,此生不能再出版任何东西,他临走时看到苏慕言还愤愤地骂苏慕言是个奸诈小人。

苏慕言倒是没有说什么,反而自然地对他笑了一下,带着唐漫和柏安德回了家。

TAMEN
YUBAO
—— 第十章 ——
相 亲 相 爱 吧

1. 悬灵玉的出现

为了庆祝这一次战争的胜利,唐漫提议说搞一次大扫除,来表彰苏慕言终于打败了坏人,为公司做出了重要的贡献。

虽然不是很认同唐漫这个幼稚的行为,但是想到这一段时间来接二连三的事情居然都是阴谋之后,其余两人还是觉得扫一下比较好。

于是,在苏慕言的同意之下,大家开始了一次前所未有的大扫除。

为了表彰这次事件的主人公英勇无畏地斩杀敌人,大家决定先从苏慕言的房间开始。众人没有想到,本来看上去最容易搞定的苏慕言的房间，最后却成为一大难题，大家不得不将所有的东西都搬出去，再清理。

其实这也不怪苏慕言，因为柏安德的到来，自己面对这么多的事情，哪里还有时间打扫卫生，就只能保证表面的干净了呀。

忽然，唐漫从书桌的角落里，找到了一个又脏又乱的包，本能地想要丢掉，但是想到也许是苏慕言不小心掉到里面没注意到，想着还是告诉一下苏慕言比较好。

正当他拿着包去给苏慕言的时候，柏安德闪电一般冲过来，抢过他手中的包也不管是不是脏的，直接就开始翻东翻西，折腾了半天之后又将那个包丢到唐漫怀中，兴奋地对苏慕言说："苏苏，我找到了。"

苏慕言看了那个吊坠半天，问道："这是什么？"

"悬灵玉，这个就是悬灵玉，没想到终于让我找到了。"柏安德兴奋地说。

苏慕言自然也为柏安德高兴，毕竟他也不想整天提心吊胆担心柏安德会变成一只豹子，然后被别人发现，却也疑惑，自己找了这么久都没有找到，他是怎么找到的？

于是他问道："在哪儿找到的？"

柏安德立即跑到唐漫身边将那个包拿过来，递到苏慕言面前，解释道："就在这个里面，刚刚突然一下感应到了，一找，发现果然在这里面。"

苏慕言拿着包看了半天，终于想起来，这个包是自己几个月前坏掉的那个包，因为是圣诞节所以记得很清楚。

他记得那天因为加班所以回去得有点晚，恰好当天他又没有开车来上班，走在路上的时候，忽然被一个不认识的人撞了一下。

本来也不是什么大事，但是没有想到自己的包居然被划烂了，幸好包是双层的，倒是没有丢东西，苏慕言也就只是换了包，将它随意地丢在了一旁。

只是，他不记得自己的包里面有这样的东西啊。

其实这件事情还要从更前面说起，圣诞节快到了，对于暗恋着苏慕言的徐玲珑来说自然是个送礼物的好时机。

但是重点就在于，一向工资不怎么高的她，虽然挂着一个设计总监的名号，一个月的钱却只够自己开销。

可是，送给苏慕言的礼物总不能随便买个东西糊弄过去吧，就在徐玲珑正为自己要送什么礼物给苏慕言而苦恼的时候，刚好发现楼下的一个超市在搞促销，满199元可以抽奖一次。

本来这种无聊的事情徐玲珑一般是不会去干的，但是在她看见奖品之后瞬间觉得那东西简直太符合苏慕言的气质了,瞬间心动。

在她辛辛苦苦走遍整个超市,终于凑齐199元之后,骄傲地拿着小票去抽奖。

那抽奖的人看她一副气势汹汹的样子,还以为她是来抢东西的,结果只见她将小票递过去,然后专心在里面掏了十分钟,等得旁边的工作人员都不耐烦了,她才从里面抽出一张条子。

那工作人员顿时都傻眼了,徐玲珑还以为自己抽出了什么呢,凑过去一看,才发现自己抽中的居然是一等奖,连她自己都吓了一跳。

当工作人员痛心疾首地将一个玉吊坠给徐玲珑的时候,内心都在滴血。

徐玲珑得到吊坠,瞬间心安,心想,上天果然是爱她的,让她在这种困难的时候,找到了送给苏慕言最好的礼物。

圣诞节当天,趁着中午大家都吃饭去了,徐玲珑借故没去,在四下无人之际,溜进办公室,将吊坠悄悄放在了苏慕言的包里,转身离开。

走到门口的时候,她觉得有些不放心,折回去将那个吊坠放到了里面的夹层里。

徐玲珑没想到，她用了好大力气抽到的吊坠居然就是柏安德要找的悬灵玉。

而苏慕言也没有想到，自己帮柏安德找了这么久的悬灵玉居然就藏在自己房间里。想到柏安德找到了悬灵玉就要回去，苏慕言忍不住问道："那你多久回去？"

本来柏安德还沉浸在找到悬灵玉的兴奋情绪中，被苏慕言这么一问，立马变得纠结地盯着手中的悬灵玉看了半天之后，含糊地说："不知道，应该就在这几天吧。"

按照族规来说，柏安德是不能长时间留在人类世界的，先前是为了悬灵玉不得已留下来，现在悬灵玉找到了，自然是要回去的。

苏慕言勉强地笑了笑："恭喜。"

看着苏慕言转身离开的身影，柏安德突然觉得有些慌乱，好像自己做错了什么事情一样。

2. 柏安德离开

晚上，柏安德坐在沙发上看着动画片，苏慕言还是头一次陪着柏安德看电视。虽然现在已经除掉了针对自己杂志社的人，但是毕竟还没有找到杂志没有抄袭的证据，也就表示不能继续发行。

本来苏慕言是想问柏安德会不会留下来帮自己一段时间的,但是无论怎么样都开不了口,纠结了半天,只好悻悻地回房睡觉。

躺在床上折腾了半天,苏慕言还是忍不住想去找柏安德谈谈,就算不求他一直帮助自己,至少等自己把这段时间熬过去。

结果刚一出去,就发现阳台上有人,苏慕言疑惑地走过去,发现竟然是柏安德和唐漫。

只听见唐漫问道:"柏安德,你真的打算在这种时候回去吗?"

想到自己之前听苏慕言学长说柏安德来这里只是为了找一件东西,找到后就要回去,当时自己还暗自庆幸了一下:柏安德一走,那么整个《WOW》都将是自己的天地。但是今天忽然听到柏安德要离开,自己居然会有些舍不得。

柏安德想了一下,有些无奈地说:"我本来就不属于云出市,来这里就是为了找东西,现在东西找到了,自然也就不能一直留在这里啊。"

"就没有特例吗?"唐漫锲而不舍地追问,"毕竟现在苏慕言学长还很需要你。"

本来听到前一句的苏慕言差点以为唐漫和柏安德是真的有些什么,听到后面的时候,居然有些感动。

柏安德想了一下这些天和苏慕言在一起的日子，摇了摇头，轻声说："没有得到家族的允许，我就不能一直待在云出市。"

苏慕言也意识到柏安德确实不能一直待在人类世界，毕竟他本来就不属于这里，叹了口气转身离开。

接下来的几天，苏慕言基本上都在忙着出版社的各种事情，虽然那个画手受到了一定的惩罚，但是毕竟以前也是《WOW》的人，自然让《WOW》也受到了一定的影响。

加上现在《WOW》抄袭的事情还没有过去，不免让大家对《WOW》的信誉产生了怀疑。

徐玲珑还不知道柏安德要离开，自然也不知道上头跟苏慕言之间的约定，因为这个月杂志没有发行，导致很多事情都滞留到了一起。

以为这场风波已经过去的徐玲珑赶紧进来问道："苏总，柏安德的作品还可以用吗？"

还是头一次看见苏慕言这么失魂落魄，连续喊了几声都没有反应，徐玲珑忍不住将声音扩大，苏慕言这才有所反应，皱着问头问道："什么事？"

徐玲珑将自己的想法重新说了一遍，等了半天之后，才听到苏慕言缓缓地说："暂时不要用。"

还以为苏慕言和柏安德闹了什么矛盾,徐玲珑忍不住安慰道:"苏总,柏安德虽然平时闹腾了一点,但是我看得出来,他心地还是好的,要是他什么地方惹到你了,你就担待些吧,毕竟杂志需要他。"

苏慕言看了眼徐玲珑之后,又转过头继续盯着电脑,淡淡地说:"你先出去吧。"说完便再也不理会徐玲珑。

就在柏安德犹豫自己要不要走的时候,却意外接到了家族传来的通知,让他立即回去继续继承人的学习。

作为猎物族的继承人,除了需要一个强健的体魄之外,更重要的是除了学习猎物族的知识之外,还要了解人类世界的一些知识。所以一直以来在家族里的时候,柏安德基本上没有什么休息的时间。

因为事情来得突然,而恰好苏慕言又在上班,加上柏安德也不知道该怎么开口,于是他只是留了一张字条放在茶几上便离开了。

苏慕言回来的时候,唐漫还在外面玩,看到柏安德留下的字条,他忽然觉得松了一口气,毕竟柏安德真的走了,他也就不用整天纠结要不要去挽留他。

唐漫回来看见苏慕言一个人坐在沙发上看电视的时候,疑惑地问道:"柏安德呢?"

苏慕言站起来走向厨房,将早就做好的菜拿出来,像是没有听到唐漫的问题一样,招呼唐漫过去吃饭。

不明所以的唐漫以为苏慕言是没有听到,又重复了一遍,苏慕言这次倒是抬起头,却还是没有说话。

唐漫忽然像是想到了什么,诧异地问道:"他不会是走了吧?"

苏慕言冷哼一声埋头吃饭,只听见唐漫一个人在那里开始碎碎念:"柏安德居然一声不吭地就走了,居然这么不重视我们之间的情谊,就算我们不是同一个种族,但也不至于这么绝情吧。"

听到唐漫一直在旁边念叨,苏慕言实在受不住,任由他一个人在那儿吃饭,自己回了房间。

第二天,苏慕言早早地做好了早饭,去敲隔壁之前柏安德睡的那间房,结果看见唐漫一脸迷茫地从里面出来,大概是听见他叫柏安德了,唐漫的眉毛皱在一块儿,不知道心里在想什么。

当唐漫看见放在桌上的猪排时,脸上写了一个大写的诧异。

大概是知道苏慕言一下还没办法适应柏安德的离开,毕竟平时柏安德虽然惹出一系列让人哭笑不得的麻烦,但住了这么久，离开得这么突然，还是没有办法适应的。

就在苏慕言还没有办法适应柏安德离开的时候，徐玲珑意外地得知了《WOW》将面临停刊的准确消息，焦急地冲进办公室，站在苏慕言面前半天，却不知道该怎么开口。

最后还是苏慕言开口问道："又是什么事？"

徐玲珑憋得眼睛都红了，才缓缓地问道："苏总，其实老板早就说了如果我们没有将销量弄上去就会让我们直接停刊是吧？"

苏慕言疲惫地抚了抚额头，无奈地回答："你都知道了？"

"为什么，这么大的事情要一个人扛着，之前你明明告诉我们是吓一吓他们俩的，为什么现在我了解到的是真的？"徐玲珑有些激动地说。

苏慕言似乎不在乎徐玲珑问了什么，只是有意无意地问："他们都知道了？"

徐玲珑摇了摇头："我听到后就直接来找你了，但是我想既然我都能知道，他们应该过不了多久也就知道了吧。"

"这样啊，我知道了。"苏慕言倒是表现得有些气定神闲。

见他这么说，徐玲珑都快要急死了。要是这件事情传出去，对《WOW》的影响是极大的，重点是，苏慕言又一直没有说到底让不让柏安德回来。

最终，徐玲珑忍无可忍地问道："苏总，现在能够救我们杂志社的就只有柏安德了，到底让不让他回来你倒是说一句话。"

听到她提到柏安德，苏慕言抬起头，半天之后才缓缓地说："他回家了。"

忽然想到徐玲珑不知道事情原委，苏慕言也没有继续说下去，本来柏安德出现就是一个意外，现在意外过去了，所有的事情自然还是需要自己再想办法的。

"你出去吧，关于停刊的事情，我会找机会告诉大家。"

见苏慕言不想说，徐玲珑也不好继续问下去，只得转身出去继续工作。

3. 尾声

下午的时候，苏慕言抽时间开了个会，顺便将停刊的事情和大家说了一下。虽然大家都感到很震惊，却也都表示会陪着苏慕言一起渡过难关，这倒是让苏慕言有些欣慰。

经过大家的努力，公司同意让他们将这一期的杂志整理一下再发行，但是因为之前事情的波及，导致杂志的销量一落千丈。

停刊的消息也不胫而走，几乎大家都在猜测下个月还会不会看到《WOW》。

苏慕言开始焦头烂额地想办法，却还是无法改变这个现实，只能眼睁睁地看着规定的日期一天天越来越近。

那天苏慕言又在加班，一转头发现好像有双眼睛在盯着自己看，一切都像是柏安德刚来那天的样子，苏慕言以为是自己这几天压力太大，所以期盼柏安德回来帮自己所产生的幻觉，并没有太在意。

忽然身后传来一个声音，鄙视地说："苏苏，你大半夜加班又不关窗户难道不怕吓晕过去了吗？"

听到声音，苏慕言吓得手中的笔都掉到了地上。只见柏安德毫不客气地拿过苏慕言面前的画稿，嫌弃地说："这又是你从哪个旮旯里找出来的画手，画得这么差还期望他们会回来救你的杂志？"

苏慕言倒是不介意他这样批评自己手中的画稿，只是盯着他看了半天，才相信他真的回来了，不解地问道："不用继承你的大家族了？"

原来，在柏安德回到自己家之后，还是时刻关注着云出市的一切。因为不知道苏慕言瞒着所有人承受了这么多，离开的时候也以为没有什么事，只是没想到自己一走就传出《WOW》

要停刊的事。

柏安德在心里得意地想着，原来自己的存在是那么重要，可是想到有自己作品的杂志居然没有成为一项经典就即将消失，不免觉得有些对不起自己的身份。

于是柏安德开始用尽办法说服族里的长老，并且用悬灵玉作为抵押，才争取了几十年的时间，以学习的名义回到云出市。

只见柏安德搭着苏慕言的肩膀，苦恼地说："我好朋友都要去路边要饭了，我总要回来帮一下他吧。"

苏慕言冷哼一声："你会这么好心。"

"那你就当我因为在人间逗留得太久，所以被族里面赶出来了吧。"柏安德躺在苏慕言床上悠闲地说着。

第二天，在苏慕言差不多将早餐做好的时候，唐漫也迷迷糊糊地起来了，看见桌上满满一大盘的肉以为苏慕言又想起了柏安德，刚想开口安慰几句，就听见苏慕言说："你去我房间把柏安德给叫起来。"

唐漫顿时觉得苏慕言学长可能病得不轻，诧异地问："苏慕言学长，你没事吧？"

哪知道唐漫一说完，就听见身后有人对他说："唐唐，好久不见，有没有想我啊？"

唐漫还以为是自己听错了，结果一转头就看见柏安德一张巨大的脸凑近在自己眼前，吓得连退了几步，撞在餐桌上，指着柏安德问道："你怎么又回来了？"

只见柏安德挑了挑眉，轻松地说："想回来就回来了，大概是因为感应到你太想我了吧。"

虽然唐漫极不想承认自己一点都不希望他回来，毕竟在他走后自己在《WOW》简直活得如鱼得水，但是想到苏慕言学长这些天忙得焦头烂额，只能淡淡地说："回来就帮帮苏慕言学长吧。"

这时候，一阵敲门声打断了大家的寒暄，一开门，就看见徐玲珑激动地冲到苏慕言面前，速度快得柏安德都有点惊讶。

唐漫和柏安得开始小声地议论徐玲珑是不是要和苏慕言告白，就在两人打赌苏慕言会不会答应的时候，只见她从包里拿出一沓纸，柏安德瞬间觉得那沓纸有些眼熟。

"苏总，这是柏安德的原稿，我不知道在我那里，而且还是在我家中。"

原来，在画稿被影印后的第二天，徐玲珑将影印好的文件发给了苏慕言，却忘记将原稿还给苏慕言。

结果阴错阳差的，徐玲珑居然将其夹在一大堆设计资料里给带回了家里，后面没有看到画稿以为是已经给了苏慕言，也就没有在意。

要不是今天早上起来刚好记起来有些资料要拿来参考，说不定还未必找得到原稿。

四人拿着原稿将那个小杂志社给告了，但是因为念及对方也是被利用了，也就没有进行索赔，只是希望对方能够发一个公开的声明，证明《WOW》并没有抄袭这回事。

这件事情一被大家知道，所有人都相信了苏慕言，自然也有不少人在微博上私信苏慕言会一直支持他。

可是老板在乎的还是杂志的销量，最后还是柏安德和苏慕言两个人在总公司周旋了一天，表示会一直为《WOW》画画，才好不容易再争取到三个月的时间。

为了庆祝大家一起努力共同渡过了难关，提议说在苏慕言家庆祝一下的时候，苏慕言也没有拒绝。

在灯光的照耀下，每个人脸上都呈现出一副喜悦的样子，就连一向不喝酒的苏慕言，居然也让唐漫去楼下买了点小酒，庆祝一下。

只见苏慕言给所有人都倒了一杯，站起来坚定地说："让我们继续努力，将《WOW》做成一本经典的刊物，让大家都向我们看齐。"

听见苏慕言这么啰唆地说了一大堆，柏安德觉得自己再不表态都有点对不起他，只得跟着附和道："大家一起加油吧。"

　　"让我成为一个有名的漫画家吧。"唐漫也跟着附和。

　　徐玲珑也跟着说道："为了《WOW》的明天更美好，干杯。"

　　等到苏慕言喝得去卫生间吐了回来时候，徐玲珑忽然对大家说："我们是不是还要跟杂志社的一干小伙伴庆祝一次。"

　　想到还要喝一次酒，苏慕言顿时觉得头疼，装作没有听到一样，装睡。

- 全文完 -

【官方QQ群：555047509】
每周丰富多彩的群活动，好礼不停送！
作者编辑齐驾到，访谈八卦聊不停！

扫一扫看更多图书番外，作者专访

立刻关注小花阅读官方微信

小花阅读【惊艳游乐园】系列之三　　　惊蛰 / 著

《我的哥哥他变成了猫》

6 万字免费读

扫一扫，关注大鱼小花阅读

— 标签 —

神秘餐厅 / 双胞胎兄弟 / 奇怪的猫 / 美食控福利

― 精彩节选 ―

"哥……你是不是病了？"白衣少年感觉自己紧张得声音都颤抖了，总觉得今天哪儿不对劲。

然后，他面前二米二的绢丝床上，那个五官像刀锋一样的男人渐渐地睁开眼睛……不！准确的说是还没有睁开，只见这个星眉剑目的男人，半睁着眼睛，缓缓举起左手，伸长脖子舔了一下！又……舔了一下！

然后把整条腿抬到自己的肩上，从大腿根部（此处应有马赛克）一路舔到了脚指尖！白衣少年目瞪口呆，来不及发出任何声响。

只见眼前的男人，认真地舔完两条腿后又翻了个身，扭着脖子不动了（看样子是想舔背，却够不到）。

与此同时薄荷也在思考：好像有什么不对劲？
老！子！的！毛！呢？！

图书在版编目（CIP）数据

他们与豹 / 狐狸组合·尼克狐著. —— 贵阳：贵州人民出版社，2016.8（2020.1重印）
ISBN 978-7-221-13433-2

Ⅰ. ①他… Ⅱ. ①狐… Ⅲ. ①长篇小说 – 中国 – 当代
Ⅳ. ①I247.5

中国版本图书馆CIP数据核字(2016)第192724号

他们与豹

狐狸组合·尼克狐　著

出版统筹	陈继光
选题策划	大鱼文化
责任编辑	张秋菊
流程编辑	黄蕙心
特约编辑	曾雪玲
装帧设计	刘　艳　昆　词
出版发行	贵州人民出版社（贵阳市观山湖区会展东路SOHO办公区A座，邮编：550081）
印　　刷	三河市华东印刷有限公司
开　　本	880×1230毫米　1/32
字　　数	156千字
印　　张	9
版　　次	2016年9月第1版
印　　次	2016年9月第1次印刷 2020年1月第2次印刷
书　　号	ISBN 978-7-221-13433-2
定　　价	39.80元

版权所有 盗版必究。举报电话：策划部0851-86828640
本书如有印装问题，请与印刷厂联系调换。联系电话：0731-82755298